普罗旺斯
骑士与薰衣草

[法]让·吉奥诺 著　陆洵 译

·深圳·

序

J.-M.G.勒克莱齐奥
（诺贝尔文学奖得主）

  吉奥诺的作品，把我直接带进了一个没有具体名字的区域——人们笼统地称之为"普罗旺斯"，其实那是古罗马行政机构留下来的遗产，当时叫provincia romana，也就是"罗马的行省"。这个区域由一些非常相近的民族构成，从斯图拉河谷到罗讷河，从卡马格地区到萨瓦地区的阿尔卑斯山分支。在吉奥诺的笔下，这里是既真又幻的"南方"——一如在福克纳的笔下——有着自己的语言，自己的光，自己的古老，以及自己的力量。在我看来，自我们初涉文学起，吉奥诺笔下的普罗旺斯便是一个真理之地、哲学之地，在那里，我可以最好地认识自我。

  吉奥诺的文字能一下子抓住我们，就像那些奇妙故事的讲述者，带我们穿过那些神奇的地方，无论是《一个鲍米涅人》《再生草》，或者《山冈》《人世之歌》《愿我的欢乐常存》《一个郁郁寡欢的国王》《风暴两骑士》，还有那些政论性的文章，他那部最具莎士比亚气势的小说《坚强的灵魂》，以及读者手中的这本《普罗旺斯》。

吉奥诺令我着迷的——正如在福克纳那里——是人性的真实。这种人性的真实产生于历史，产生于大自然元素的力量，产生于世界的动物特性。在他的作品中，有着感官的力量，季节的节律，星辰的运行，血液的搏动，青春的舞蹈，以及死亡的本能。所有这些秘密，都不是来自上天，而是来自现时。

我觉得有一位中国作家，非常接近吉奥诺（同时也接近福克纳），那就是讲故事的高手、小说家莫言。他们都痴迷于人们生活、居住之地，痴迷于大地的真相。对于吉奥诺来说，是围绕着马诺斯克的充满感性的普罗旺斯乡村；对于莫言来说，是他在《红高粱》里讲述的、家乡高密的贫瘠土地，他在那里出生，那里滋养了他的青少年时光。他们两人提出的问题是一致的：对抽象权力的质疑，对自私自利的都市的提防，对农民天生的智慧、他们的幽默感以及他们的男欢女爱的赞赏。

因此，在中国翻译出版吉奥诺的作品，尽管有空间上的距离，且有了时间上的变迁，却仍然可以让中国读者备受感动。读者一方面会有发现异国情调的乐趣，另一方面更会产生感官的交融。他会欣慰自己遇见了法国文学中风格最独特、最具世界性的作家之一：让·吉奥诺。

2021年8月15日
傅雷翻译出版奖组委会主席、法国荣誉军团骑士勋章获得者
北京大学法语系主任、法兰西道德与政治科学院外籍终身院士　董强 译

目录 *Provence*

第一辑　天空之城

普罗旺斯，宛若一滴橄榄油　/ 02

如果你来自北方，当你越过瓦朗斯后……　/ 06

上普罗旺斯的春天　/ 17

在下阿尔卑斯省的课本地图上　/ 24

第二辑　步履如歌

马诺斯克　/ 30

从尼永斯到马诺斯克的行程　/ 34

格雷乌的魅力　/ 42

韦尔东峡谷　/ 53

勒韦斯特迪比永镇　/ 54

拉克罗镇　/ 63

第三辑 梵高的星空

我想书写的普罗旺斯 / 70

虽然我出生在这个地方…… / 110

天地有大美 / 162

第四辑 旧时风物

地中海 / 206

枯萎的橄榄树 / 208

薰衣草 / 213

普罗旺斯民居 / 214

赏心悦目的景致 / 222

译后记 / 232

第一辑

天空之城

普罗旺斯：骑士与薰衣草

普罗旺斯，宛若一滴橄榄油

普罗旺斯宛若一滴橄榄油，超越了它的历史内涵。这片土地的边界清晰明了，西接罗讷河，南临大海，北边绽放着漫山遍野的百里香，香彻吕拉-克鲁瓦奥特山巅，而东边则是万里晴空，悬挂在布里扬松人的头顶。这些都是普罗旺斯的印记。迪朗斯河流经前阿尔卑斯地带和锡斯特龙镇，就此打开了缺口，如同中国的城门。在人们的想象中，大地的另一头是片新大陆。

这片大地确实很新，因为上面生长着高大威武的植被。橄榄树的盾牌和梧桐树的饰冠不见了踪影，只有恣意生长的榉树和椴树，颇像挥舞着长矛的高贵骑士。阳光像步兵一样，密密麻麻地笼罩在大地上。薄荷爬上了堤坝，旷野遍布薰衣草，西班牙丁香则站在岩石和遗迹的缝隙里窥探着世界。房子有着尖尖的屋顶，后面向上拱起，有时还能看到里面的茅草。人们准备迎接皑皑白雪，迎接凛冽寒风，但房屋墙面却用石灰涂刷而成，和阿尔勒①使用的一样。阳光映照在这样粗糙的墙面上，折射

---

① 阿尔勒，法国东南部城市，梵高曾旅居于此。

出同样的色彩。

有一种香气，芳香四溢，越过锡斯特龙镇，来到了阿尔卑斯山附近；它越过鹿尔山，来到了韦科尔山周围。这正是人们在瓦尔省山冈，在罗讷河丘陵，在拉克罗荒漠，在迪朗斯河谷闻到的香气。这气味从卡西斯①到尼斯都附有咸腥味，这气味从阿尔勒到萨隆都带有外墙粉刷的余味，这气味从阿维尼翁到昂布兰闻着像鸟儿的味道，而它在布里扬松、吕拉-克鲁瓦奥特和迪耶则会印上一丝冰雪的痕迹。但这气味其实是——在这些城市和村镇的整个区域内——阳光在芬芳青草上踩出来的：这是葡萄榨出的汁液。若是晚上品尝，除了专家，没人能尝出差别。要想断定产地，就得非常熟悉产区，这让你感觉到精妙之处，感觉到当地的杉树林带来的甜蜜气息，感觉到大畜群的栖息地、干涸的池塘、宽阔的石子路面、海洋、冰川，或者如同圣朱丽安镇那边一般，有许许多多的野猪窠，纷繁的景象迷乱了双眼。

不过，我们的想象却不会千篇一律和单调乏味。我说过，晚上品味这股芬芳可能会产生错觉。但当旭日东升，蔚为壮观而又多姿多彩的景象便在阳光下铺陈开来。来自皮埃蒙特②的晨曦首先把它的意大利场景安放在布里扬松的森林里，安放在佩尔武镇的冰山上，安放在伊泽尔省的草原

---

① 卡西斯镇位于法国普罗旺斯－阿尔卑斯－蓝色海岸大区罗讷河口省。诺贝尔文学奖得主、法国著名诗人弗雷德里克·米斯特拉尔曾用普罗旺斯语写下对卡西斯的赞誉："对于见过巴黎的人，如果他没有见过卡西斯，那可以说他什么也没见过。"
② 皮埃蒙特，意大利西北的一个大区，首府是都灵。

普罗旺斯：骑士与薰衣草

上，安放在韦科尔山的锯齿状山峰上。这景象又向下扑去，扑向旺图山①，扑向鹿尔山，继续往下扑向圣维克多山，扑向圣博姆山。它才刚刚拂过烟波浩渺的大海。在海岸边，从马赛到尼斯，抑或更确切地说，从卡里勒鲁埃镇到瓦尔河河口，还是黑漆漆的一片。要等上一会儿，第一道霞光才会照进昏暗的德龙河河谷，照进漆黑的迪城河谷。随后，白色的浪花沸腾起来，猛烈地拍打在太亚的红色岩石上。从森林到冰川，从草原到悬崖，阳光倾泻在小山谷间，一点一点照亮了尼永斯的金褐色山脉，照亮了加普的咖啡色页岩，照亮了瓦尔河流域浪漫的丘陵，也照亮了鹿尔山和坎珠尔高原的荒凉寂静。阳光还照进了德龙河谷、迪朗斯河谷、昂格莱姆河谷、阿斯河谷、比埃什河谷和韦尔东河谷，给那里鳞次栉比的村庄染上了一抹艳丽的红色。阳光还照进了阿尔比恩高原，照进了有着高大围栏的农庄，把光芒洒在了正在农家场院骑自行车的邮递员身上。最终，阳光驻足在广阔的拉克罗平原上，驻足在大理砂石间，那上面长满了细长的金黄色草木，透明得如同玻璃一般。

现在，大海闪闪发光，如阿喀琉斯②手中的盾牌。游艇挂满了彩旗，停靠在戛纳岸边。烧炭人简陋的屋子前，咖啡正冒出股股热气，氤氲在瓦尔河的寂静之中。海关职员要去蒙特热内夫尔镇拿报纸。火烈鸟矗立在瓦卡雷丝湖面上，鸧鸟蓝色的羽毛掠过罗讷河的芦苇群，斑鸫在旺图山上热切地鸣叫着，獾回到了自己位于鹿尔山荒原的巢穴。菜农们在卡瓦永市的露天咖

---

① 旺图山，法国普罗旺斯的一座山峰，是普罗旺斯最高点，被誉为"普罗旺斯的巨人"。
② 阿喀琉斯，古希腊神话中的英雄人物，被誉为"希腊第一勇士"。

天空之城

啡座里聊天,卡西斯的渔民们开始玩滚球游戏。马赛的道路上跑着一辆辆公交车。格勒诺布尔的山顶缆车已然开动,瓦朗斯在驳船的汽笛声中正缓缓醒来,成百上千的村庄里飘荡着新鲜出炉的面包的香味。零星分布在树林里的学校迎来了一个又一个小朋友。云雀在拉克罗上空啁啾叫唤,乌鸦的哇哇声响彻阿尔卑斯山,老鹰则翱翔在鹿尔山上空。在阿尔卑斯山区,一大群羊正在呼哧呼哧爬着山路。耀眼的红色船只从加隆桥下轰鸣而过,贝尔湖让圣沙马市变得光彩夺目。整个南方都显得生气盎然。

一九五八年

普罗旺斯：骑士与薰衣草

如果你来自北方，当你越过瓦朗斯后……

如果你来自北方，当你越过瓦朗斯后，你会在南方的天际线上看到一片绿色的天空，那正是阳光反射下的普罗旺斯。它的左侧是崇山峻岭，其主峰是旺图山和蒙米拉伊山，你可以在南边窥见它们的几许身影，越往前走，离得越近。右侧则是罗讷河、阿尔代什群山，还有巍峨壮观的塞文山脉。

沿着罗讷河谷往下走，你会在左边看到一处开阔的小海湾，那是尼永斯人去旺图山和鹿尔山的必经之路，也就是此地通往山区的通道。整个下普罗旺斯地区都坐落在罗讷河畔，一直延伸到卡马格，通往马赛，接着折向普罗旺斯地区艾克斯，沿着蓝色海岸直至瓦尔省边界。这整片地区都是下普罗旺斯，7号国道非常精确地限定了它的范围：国道右边是下普罗旺斯，左边则是上普罗旺斯。实际上，上普罗旺斯是因阿尔卑斯山陷落而形成的整块高地。在这里，阿尔卑斯山逐渐下陷，然后与沃奈桑伯爵领地[①]平原连为一体，与两个河谷（即在阿维尼翁交汇的罗讷河谷和迪朗斯河谷）连为一体。这是高山环绕的地中海之地，通往此地的通道有很多。

---

① 沃奈桑伯爵领地是教宗国的飞地（1241—1791），围绕阿维尼翁，位于法兰西王国境内。

尼永斯人走的路更富诗情画意，因为它首先要穿过一个颇似罗马乡村的地方，然后接近相当高的山峰——旺图山有两千米高，蒙米拉伊山有近一千米高。穿越旺图山时要经过十分狭窄的奈斯克峡谷，其地势爬升缓慢。接着便来到了高地，眼前呈现的是典型的阿尔卑斯的高原景象——这是旺图山的背面，沿着这条路继续前行，就到了阿尔比恩高原。这座高原靠近鹿尔山，是上普罗旺斯的高地之一。

登上鹿尔山的制高点后，能看到的景象大致如下：朝东望去，可以看到维佐峰，因此也就看到了意大利，还会看到包括维佐峰和佩尔武峰在内的整个阿尔卑斯山脉。虽然勃朗峰高耸入云，但还是可以看到它的峰顶。从北面的勃朗峰转向来时的西面，会看到层峦叠嶂、连绵起伏的塞文山脉和加尔比尔德荣山峰。加尔比尔德荣山峰因其具有圆形峰顶，十分容易辨认，那里也是卢瓦尔河的发源地。往下看，也就是一直往西看，可以望见罗讷河的整个河道，上游处最远可以瞧见瓦朗斯；下游处几乎可以看到阿维尼翁。河道只是被旺图山的巨大背影遮住了，让人无法窥见它的全貌。在更远处，还会看到河道一直朝着南方下行。河面波光粼粼，一直延伸至卡马格周围。可以看到河道非常清晰地分成了两路，它的一条胳膊消失在雾气蒙蒙的光晕中，这条罗讷河正缓缓向地中海流去。我们现在向南看，沿着罗讷河的路线，大致在马赛的方向，那里有一座极具特色的高山，名叫圣维克多山，山脚下是艾克斯。如果天气晴朗，我们可以看到一处蓝色的凹口，它是卡西斯海湾的一部分。从鹿尔山之巅，我们已经勾勒出这片大地的轮廓了。

普罗旺斯：骑士与薰衣草

我们从圣艾蒂安莱索尔格下山，来到了福卡尔基耶。福卡尔基耶是普罗旺斯古都，是国王勒内①的夏都。国王勒内冬天住在艾克斯，夏天则移居福卡尔基耶。福卡尔基耶有一处十分特别的农场，它在一条乡村小路边上，有扇中世纪风格的大门。农场实际上是一座坚固的城堡，先后有四位王后出生于此——因此被称为"四位王后的农场"——她们是雷蒙·贝伦格②的四个女儿。雷蒙·贝伦格有一位首席大臣，名叫罗梅·德·维伦纽夫，就是《神曲》里《天堂》篇所说的罗梅·德·维伦纽夫。这位罗梅·德·维伦纽夫是一位足智多谋的大臣。为了巩固领主的宗主权，他把领主的四个女儿分别嫁给了四位位高权重的大贵族：第一个女儿嫁给路易九世③，成了法国王后；第二个女儿嫁给亨利三世④，成了英国王后；第三个女儿嫁给安茹公爵⑤，成了西西里王后；第四个女儿是阿拉贡王后。福卡尔基耶依然保留着旧日的气派和古都的样子，不过是乡村之都、农民之都、中世纪之都。

再往下走，我们就会沿着河流来到迪朗斯河谷。迪朗斯河谷是贯穿整个上普罗旺斯的脊梁，因为它就是一块绿洲。迪朗斯河两岸的土地最为肥沃，这片沃土其实是整个河道沿岸宽度不超过四公里的区域，而在其外围，无论是北边还是南边，都是广阔的荒漠。这片大地上的其他地方都比

---

① 国王勒内，是名义上的那不勒斯（1435—1442年实任）、西西里和耶路撒冷国王，被称为"有很多王冠但没有一个王国的人"。
② 雷蒙·贝伦格（约1195—1245），普罗旺斯和福尔卡基耶的伯爵。
③ 路易九世（1214—1270），俗称圣路易，自1226年至去世为法兰西王国卡佩王朝国王。
④ 亨利三世（1207—1272），金雀花王朝时期的英格兰国王。
⑤ 此处安茹公爵指卡洛一世（1226—1285），是那不勒斯和西西里国王。

较贫瘠，灌溉不足或根本无法灌溉。也许有朝一日，随着迪朗斯河的改造，这些贫瘠的土地会得到灌溉。我不知道人们会为这些乍一看非常贫瘠的土地勾勒怎样的未来。这些土地上只长得出杂草或薰衣草，到目前为止，它们只供放牧之用。实际上，阿尔卑斯山下的农民直到现在都生活在小规模的封闭经济圈中。在这个经济圈里，他们耕种的几乎就是自己所需的一切，也就是三四百公斤小麦。他们用这些小麦去面包师傅那里换取等价的面包。他们也有自己的土豆，但一般不卖土豆，或卖得极少，也许在他们的农场周围或邻村卖一点，但这些都微不足道，并不计入国民收入。他们卖一些蔬菜，也卖一些家禽，主要是冬季在农场周围饲养的牲畜。冬季一到，他们就赶着牲畜进行一次小规模的放牧。

我在想，我把橄榄树忽略了。但我只是暂时把它放在了一边，下面要详细介绍一下它。上普罗旺斯的南部，海拔有八百多米，以前曾经遍植橄榄树，我得强调一下"曾经遍植"。这种橄榄树不高，修剪得很矮，所以触手可及，这一点非常重要。因为上普罗旺斯的橄榄油文明不同于突尼斯和希腊的，与法国蓝色海岸的橄榄油文明也不甚相同。在希腊与突尼斯，人们看到的都是非常高大的橄榄树，任由其往上生长，有时可以长到九米至十米，甚至十五米。当地人必须使用长竿才能击打橄榄树收集橄榄。正是这一点造成了与我们制作的橄榄油之间的巨大差异。对于这种橄榄，当它们在树上开始微微腐烂的时候，就可以用长竿击打采摘，所以他们是用熟透的橄榄来榨油的。而在上普罗旺斯地区，橄榄树都被修剪得很矮小，橄榄是用手一个一个采摘的。我们的橄榄比那些用长竿打下的橄榄

成熟度低，因此制作出来的橄榄油气味不那么浓郁，但口感更佳。一般来说，橄榄油消费者追求的正是这种绿色的橄榄油。

到目前为止，我们的话题都紧紧围绕着鹿尔山，从它的山上谈到了山下。下面我们要说一说上普罗旺斯极具特色的荒凉之地，它位于阿尔卑斯山偏僻的原始山谷中。阿尔卑斯山的原始山麓构成了上普罗旺斯。原则上，上普罗旺斯延伸至巴瑟洛内特，即意大利边境。它通常会在锡斯特龙戛然而止，因为那里有迪朗斯河这一天然门户。过了迪朗斯河就是多菲内地区，但在阿尔卑斯山一侧，它一直延伸至意大利边境。所以，上普罗旺斯地区拥有巍峨的山峰，有的高达三千米，甚至三千六百米。当然，在这些崇山峻岭中，植被和动物的栖息地都在一千五百米以下的低海拔山区。高于这个海拔的山区，长有落叶松和杉树，夏季可以在此地放牧，冬天则白雪皑皑。再往下走，我们就来到一系列小村庄中。这些村庄极其贫穷和丑陋，是用黑色的页岩石垒起来的，屋顶用黑色的平板石铺成。走进仿佛是黑尘漫天飞舞的铁匠铺的村庄，环境十分阴森。村庄所在的山谷通常十分狭窄，所以在夏天只有寥寥数小时能照到阳光，而到了冬天则完全照不到。漫步此地，一开始会被它野性而黑色的一面吓到，会感觉非常不愉快，但如果我们坚持下去，如果最后能尝试接触，不仅接触生活在这些地方的人，而且接触这片大地本身，那么就会发现它的无与伦比之美。比起下普罗旺斯触手可及的美丽，这里的美或许更难感知，但却更加迷人，盘踞于心灵的时间也会更为持久。

譬如，在巴雷姆和瑟内，生活着最后一批冉森派教徒。有很长一段时间，那里的山谷不仅庇护着这些教徒，还庇护着几乎所有的新教徒（抗议者）①——我是说几乎所有抗议某件事的人——首先是真正的新教徒，然后是提出抗议的新教徒、反对政治形势的抗议者、反对哲学形势的抗议者，最后是所有随时随地都会提出抗议的人。在这些偏远的山谷中，在这些僻静的山谷中，在迪涅②上方的山谷中，在卡斯泰拉讷的群山中，在瑟内和下托拉姆方向的群山中，在阿洛斯山口，在塞讷-勒阿尔卑斯山区，在巴瑟洛内特的群山中，他们寻得了庇护，也找到了生活。这种不容于法理的人，他们的个性在家庭中被传承下来，混合造就了踏实稳重、少言寡语、不善交际的一群人，但他们一旦触发了同情心，就会成为受人永远爱戴的非凡人物。即使到了现在，这里仍有类似于维吉尔③或伟大传说中的父权传统，父亲在家庭中依然拥有不容争辩的权威。第二种权威略逊于父亲的权威，来自母亲。母亲总是平易近人，却不乏威严。孩子们完全地服从家长制。如果我们进入一个与现代世界几乎完全隔绝的家庭，会发现那里几乎没有忽略现代社会给予我们每个人的需求。一眼望去，会看到收音机、电视机、电话，甚至还有电唱机、书架，但这一切都要以极大的批判精神来审视。在这片土地上，无论是电波传播的声音，还是报纸上宣扬的内容，你都不要太过相信。

---

① 法语中的"抗议者"和"新教徒"是同一个单词（protestant）。
② 迪涅，现称迪涅莱班，以其境内的温泉和高山森林景观而闻名。
③ 维吉尔（前70—前19），古罗马诗人，作品多描写田园生活。

普罗旺斯：骑士与薰衣草

在南边往下的地方，就是上普罗旺斯和下普罗旺斯的分界线，即7号国道。从瓦伦索勒高原去往7号国道，我们会相继踏进一座座小山谷，一个个小高原也会扑面而来，上面种着松露橡树。在拿破仑一世时期，这整个地方都极其野蛮。有五六年时间，这里曾是庞大的强盗团伙的聚集之地，他们在这里生活，偷袭马车，就跟我们在西部片里所见到的强盗一样。他们不和印第安人打仗，因为这里没有印第安人，但他们和当地人打仗。总之，他们的生活就像我们在美国西部片中所看到的那样。

离开家乡、身在别处的下阿尔卑斯人还是可以辨认出来的。当我在巴黎的时候，当我在其他地方的时候，经常会看到一张张在我看来是下阿尔卑斯人的脸。每每这时，我都觉得应该是不会看错的。下阿尔卑斯人通常有个大脑袋，首先他们以固执著称，倔强而固执，工作固执，思想固执，决定固执。他们一般都有一双棕色的眼睛，额头较宽，十分聪明——尽管宽阔的额头并不一定是聪明的表现——只要看看他们对付恶劣天气的方式，对付他们在生活里经常面对的严酷气候的方式。他们以完美的方式安排自己的生活，在涉及自己的事务时，他们表现得十分聪明。不得不说，每参观完一家古罗马博物馆，我都会想到温泉博物馆①，那里有不少古罗马半身雕像，我在其中认出了几个下阿尔卑斯农民。他们肯定被罗马化了。一些地名学专家认为其原始的民族是伊特鲁里亚人②，但很有可能

---

① 温泉博物馆，也称为克鲁尼博物馆，坐落于巴黎拉丁区，因这里最初是温泉浴室而得名。现为法国国立中世纪博物馆。
② 伊特鲁里亚，意大利的古代城邦国家。

后来改变了很多。我更倾向于把他们看作拉丁人，因为整个里维埃拉的沿岸地区被罗马军团侵占多年，而且这一地区内部也设有岗哨来保障交通联络。此外，艾米利亚大道①从塞雷斯特一侧经过，奥雷莉大道经过海滨城市昂蒂布，所以这两条古罗马大道之间很有可能设有军事据点。提到军事据点，也必然意味着民用定居点，因而就有了民族融合。

我不是很担心现代工业对下阿尔卑斯山的改变。下阿尔卑斯山是吞噬异体的东方，迁移到下阿尔卑斯山的工业只会变成下阿尔卑斯山的产业。过了一段时间，工业会自我改造，不是工业改造了下阿尔卑斯山，而是下阿尔卑斯山改造了工业，我对此深信不疑。这片土地需要时间，这片土地也有时间。从时间的角度来看，工业肯定比像上普罗旺斯这样存在了这么久的地方要脆弱得多。所以，我对此并不担心。

我担心的是自己，出于私心担心自己。当然，这是因为我们的生命有限。特别是我，我已经到了一定的年纪，无法想象自己还能活多少年。所以，对于眼前的风景，对于熟悉的壮丽河山，我希望它们不会面目全非。

至于上普罗旺斯，它的面貌依然如故。一片土地，如果天性贫瘠，那就会一直贫瘠下去。我不相信这样的土地会变得富饶，永远也不可能。土地不合适发展工业，人不善交际，我不相信工业会给他们的工厂带来很

---

① 艾米利亚大道，意大利北部平原上一条古罗马时期的干道。

多人。他们中也许会有几个年轻人做做事情，然后返回老家。这样的情况已经发生过，有段时间产生了人口外流，他们从下阿尔卑斯山区迁到城市，投身工业。但渐渐地，发生了相反的运动。这些外流者到了四十岁或四十五岁，还未到退休的年龄，便纷纷离开工业生产、离开岗位，返回父辈的老农场重新做回农民，恢复了以前的生活。这样的情况已经发生过，可能还会再次发生。

这是一片不受金钱文明诱惑的土地。因为我相信，长期困苦的生活让他们确信自己的快乐是不需要用金钱来衡量的。

一九六一年

上普罗旺斯的春天

　　春天准备把它的荣耀留给北方大地：落叶乔木准备在第一次的温暖中点燃自己的热情。四月天，果园和篱笆染上了乳白色的春霜。在南方，这是一个转瞬即逝的季节：松树、橄榄树、栎树、橡树、笃耨和野草莓树还毫无动静。有时，一棵早熟的扁桃树先开了花。这是个悲剧。它在一片常青树林中吹起白色的泡沫，备受雨水的拍打。在它的上方，天空风卷云动，雷雨交加，夜夜寒风。渐渐地，它不再光彩夺目。稍远处，另一棵闪耀起来，然后也暗淡了下去。天空越来越阴沉，发出隆隆声响，被狂风随意撕扯，并迸发出阵阵光芒。我们目睹激情的碰撞，内心不禁一紧。"下雨了，下雨了，牧羊女，赶快把你的白绵羊赶回来吧。"这是真正的春天，是一轮循环。天地万物，有破有立。

　　之后，当我们沿着山丘顶部漫步时，看到山谷里渗出红色的鲜血。那是长出新枝的柳树，树皮是红色的。极目远眺，我们已经无法看清最微小的绿点。橄榄树和栎树都有蓝色的枝叶。冬末，松针变成了黑色。我们辨认不出冰雹间夹杂的百里香。

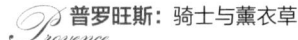
普罗旺斯：骑士与薰衣草

　　此时此刻，在上普罗旺斯，一席景象终于宣告了春天的到来。这景象无处不在，它是隆冬最壮观的景致。直到现在，遍布整片大地的矮橡树林里，还覆盖着厚厚的枯叶。橡树只有在发新芽时，原来的叶子才会落下。突然间，橡树林里这块焦黄色的毛毯不见了踪迹。落叶被风儿吹得满天飞舞，宛如云团在地上投下了影子。它们飞跃瓦尔省的高山，直至落入大海。现在，树木变得光秃秃的，它们的树干结构能看得一清二楚。

　　很久以来，我就想观察橡树是如何冒出新叶的，但从未成功过。不过，我的窗户对着广阔的高原，上面覆盖着正处在生叶期的树木，直至天际。我有些外地的朋友或不了解情况的朋友，他们会以为这些树木是被火灾烧成焦黄色的。我徒劳地告诉过他们，这就是橡树林的秋日盛装，它们会一直穿到春天。他们不相信。后来，他们根据观察发现，那些只是干枯的树叶，只不过牢牢地长在树干上而已。直到那时，我陈述的理由才对他们有所触动。正是在树干的底部，在树干分枝的地方，生出了小小的芽眼，它们即将向春天敞开怀抱。

　　不过，事情看上去没有那么复杂，只要关注一下三月的风向就足够了。狂风开始肆虐时，我就一直注视着这片广袤的矮树林。很久以前我就知道，光有狂风还不够，还必须有暴雨与高温的协同作用，让狂风暴雨发作，让冰火交融。漫漫长夜，我一直关注着这些干枯树叶的沙沙声，那声音宛如热油在煎锅里嗞嗞作响。一天早晨，我没有听到这个独特的声音，树叶都不见了。

我知道它们去了哪里。我曾经在海上遇见过马尾藻，不是偶然遇到的，而是在一些特定的地区遇到的。风儿越过瓦尔省的高山，就在那些地方驻足停下：圣让卡弗尔拉镇以东方圆二十公里的海面；距离我们最近的，是圣奥诺拉岛和圣玛格丽特岛之间的地方；最后则在正南方，位于吉安半岛前面，经受着波克罗勒岛和克罗斯港的海风吹拂。当地有种小鱼，因其塌鼻子而被人称为"阴险鲻鱼"。它们把卵产在这些枯叶堆里，把海浪染成了黑色。

因此，我对橡树长出新叶非常感兴趣，要知道我即将目睹春天最激动人心的盛事。从树木剥皮的第一天开始，我就从上到下、来来回回地观察它们，从冒昧鲁莽到细心打量——有时还用上放大镜——树枝上旧叶脱落、新芽冒出时的褐色小斑点。诚然，这个方法并不完美，但我是多么希望看到新芽长出的标记啊。别无其他了。不过，仅仅两天时间，这片林下灌木丛便让阿福花的长茎长了出来。

我学到了很多，特别是知道在大地苏醒得悄无声息的春天里，想要观察一片叶子的生长，好比想要在赤潮里紧盯海浪的倒影，显然是徒劳的想法。因为同时发生的事情太多了，这些事情会用各式景象来控制、抢占和分散好奇心。从还未现身的橡树萌芽到盛开的阿福花，从阿福花到树皮褪去红色、日渐变得金黄的柳树，从柳树到带有云雀金属光泽斑纹的欧洲山杨树，从欧洲山杨树到桤木树，从桤木树到椵椿树，从椵椿树到水仙花，从水仙花到风轮菜，最后又是外表漆黑得让人生厌的橡树。我的步履

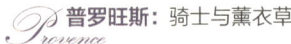
普罗旺斯：骑士与薰衣草

把我带到一座让人心旷神怡的山丘，从上面可以看到三四条小山谷里的溪流，这些溪流最终都汇入了迪朗斯河。

几百年来，迪朗斯河都从阿尔卑斯山汲取营养，滋养自己的河谷。它在河边种上从山上拔来的小树苗，把它们变成了彰显高贵的护卫队和仪仗队，各种白杨树，各色桦树以及从最白的到最黑的柳树。河流清凉的水源让这些善于吸水的树木膨胀了起来，地中海的炎热又蒸腾着茂盛的树叶。在叶簇之间，浅绿色、灰色和蓝色汇聚在残存微弱阳光的彩虹之中。

天空之城

山谷的缝隙里冒出了埃及无花果旋涡状的叶簇,还有青灰色的小泡沫。缝隙里还生长着茂盛的植物。椴树还远未到开花的时候,但已隐隐渗出甜美的香味,枫树在微风中发出汩汩流水声,绛红色的山毛榉、金光闪闪的赤杨树、美洲鹅耳枥、立满鸟儿的花楸树、小榆树、榛子树、接骨木和贫困之地的王者——刺槐,它的果实被称为"圣托马斯之心",花朵散发出罪恶的气味。

天空依然彤云密布,但是阳光刺破云层,投射下长长的光线,混合了色彩,揉搓着气味。在山丘的梯田上,橄榄正在变青,浅绿色在圣栎树树冠上晃动着,松树如同上了清漆一般富有光泽。

蓝色的乌鸫、戴菊莺、柳莺、山雀、大苇莺、夜莺、锡嘴雀、翠雀、朱顶雀、金翅雀、鹡鸰、灰雀、燕雀,它们都在啄食嫩叶。它们还没有放声歌唱,只是发出充满惊喜与激情的微弱叫声。它们从一棵树飞到另一棵树,从一片灌木丛飞到另一片灌木丛,时而在草地上翻滚,时而又像火箭般冲天而起,时而拍打翅膀在雾气霭霭的风中保持平衡。平原上,绿色的麦田被乌鸦染成了黑色。

阳光、喧嚣和花景交织在一起,如孔雀开屏一般绚丽多彩。暴风骤雨在悬崖峭壁上倾泻。道道闪电划破长空,让人不知道它们究竟是雷电,是千万只惊鸟扑腾的翅膀,还是阳光落在草原上的倒影。山楂树散发出苦涩的气味。暴雨如注,左摇右晃,踩在草地上,挤出了百里香、铃兰、堇菜的汁液，榨出了艾蒿的气味和芸香的涩味。在这个季节，芸香在阴凉处生发，长出了非常娇嫩的茎干。

时复一时，日复一日，树叶的摩挲声越来越厚重。终于，在一个晴朗的清晨，我看见矮橡树林全部盖上了一层苦艾酒色泽的泡沫。我还是错过了新叶萌芽的时刻。嫩芽已经发出来了，有了细齿状边缘。就这样，一个星期便尘埃落定了：暴雨已经远去，狂风归于宁静，天空又现晴朗，快乐正在缓慢寻找那些天性爱享乐的人，而且已经找到了。春天来了。

一九六四年

普罗旺斯：骑士与薰衣草

在下阿尔卑斯省的课本地图上

当伊斯纳迪先生来看我，并为我读了这本你们即将在课上学习的下阿尔卑斯地理书的几段时，我立刻看到了整个省的全貌。我仿佛坐在一架强大而神奇的飞机上：这架飞机比你们看到的空中的那些要神奇。因为虽然它和其他飞机一样都飞翔在蔚蓝的高空中，但它是静止不动的，俯瞰着整片土地。这片地貌的全部历史以及栖息其上的农业、手工业、工业和艺术生活，我只需在机舱边俯望便可窥见这雄伟的整体，就像站在阳台上那样。我说得很清楚：雄伟的整体。当然，当你们走在通往学校的马路或街道上时，你们在这个地方所能见到的景象，通常都和雄伟搭不上边，这里的雄伟就是你们所理解的那个意思（也是我自己理解的那个意思）。说到雄伟，你们会想到历史上披着金色毛皮大衣的君王，或者传说中同样披着金光闪闪的毛皮的国王。而你们这群小男孩小女孩的身高有一米二或者一米三，甚至有一米五，以这样的高度，你们并不能看到多少景象。我说的这些甚至也适用于你们和我说的那些不比你们高的小山民们，但是他们通往学校的道路有时在海拔一千米或者一千五百米以上，因此他们还是可以看到波澜壮阔的美景的。不过我的话对他们同样有效，因为尽管他们可以从这些高高的小路看到层峦叠嶂的雄伟景象，却看不见整体，也就是整片大

普罗旺斯：骑士与薰衣草

地。你们看，我没那么容易上当。这个整体显得尤其雄伟，我来告诉你们为什么。

当你们看到一座山，或层层叠叠的山脉和环绕四周的蓝色山谷，你们眼下的这片壮观景象会向你们讲述一个特别的故事，也就是高山的故事。这个故事有关河流、森林、牧场以及由此合理引出的一切。这一切包括锯木厂、畜牧业、羊舍、奶酪手工业者、冬日漫长的黑夜、说话慢条斯理的人、老鹰、土拨鼠、羚羊，还有山脉。这就是高山向你们讲述的故事。但是，当河流绕过山谷的拐角，流向我们目光不能及的另一边，它会变成什么呢？别说话。高山什么都不会告诉你们。它会和你们说：我只能把河流带到那里，然后它会像蓝色的骏马一样跃过巨大的岩壁，它会轻抚洞穴深处褐色的鳟鱼，这些我都知道，并且都能告诉你们。但是拐弯后，它就进入了另一个地区。在那儿它能做些什么，我便无从知晓了。可能它在独自应对。而实际上，它就是在独自应对，住在那里的人们知道它是怎么做的，也许是流过宽广而巨大的砂砾河床，或载着平静的水流流经布满麦田的肥沃土地。但是当人们望向高处的曲水，就是涓涓细水自山涧流出的地方，他们会想：这股流水在那上面能做什么呢？当人们望向低处的曲水，就是河水在下游薄雾中消失的地方，他们又在思忖：它在那下面又能做什么呢？我的孩子们啊，正是整体的奇特之处让他们提出了这些问题。人类有渴望感受脚下大地的和谐与雄伟的本能，因为他们从不知道，这种和谐和雄伟有着卓尔不凡的魅力，而这份魅力让生命具有了价值。

这就是你们手上这本书将要为你们和你们在下阿尔卑斯的家乡做的：它会让你们看到全貌。它会对河流追本溯源。它将在你们面前铺开如羊毛织物褶皱似的山地。它将在你们眼前抚平覆盖天鹅绒般起伏耕地的山谷和平原。它会让你们领略自己家乡的美丽，让你们领略基本生活、植物生活、动物生活和人类生活，还会让你们明白统领这里生活的和谐准则与其他地方一样，都是清晰明了地展现出来的。如果你们想要好好思考，像孩子那样思考，也就是说停下脚步，心无旁骛，眺望冥思（在我看来，这是最佳的思考方式），你们会觉察到在这些农耕者和手工业者所栖息的土地上，蕴藏着全世界所有的幸福。在告别童年后，人们就能获得这种幸福（就像你们以后会成为的那样）。为追寻快乐的影子而离开家乡从来都是不明智的，因为在这里，快乐很容易从看得见、摸得着的真实中获得。

一九三九年

第二辑

步履如歌

马诺斯克

我出生在马诺斯克，一生从未离开过此地。这片故土一直散发着持久的魅力。当我提到"马诺斯克"，我说的并不是严格意义上的一座城市，而是山冈与河谷的整片景象，以及大地的形态。马诺斯克坐落在这片景象中，也生活在这片景象中。正是在这样的大地形态中，马诺斯克养成了自己的习惯。

此地到马赛的距离很近，如果做这样一趟短途旅行，那当我回来时，我在站台上便能重新呼吸到下阿尔卑斯的新鲜空气。伴随着这种空气，我的故土仿佛来自非比寻常的他乡。因为这里的空气有股特殊的味道。

凡是不了解马诺斯克的人，首次来到这里，都会被它迷住，尽管城市本身已经失去了许多自己的特色和美感，我们对此并无异议。但是，这座城市的领土构成了有些人的全部回忆。对于这些人而言，他们会在隆隆作响的夜色深处，在他们所呼吸的美妙空气中，聆听或品味到广阔空间里的神奇生命。

迪朗斯河谷很肥沃，散发出干草、土豆的气味，甚至是成捆干草的气味。但在此地，迪朗斯河谷只有几公里宽，赋予乡土品质的并不是这个河谷。在北部和南部的山冈之外，坐落着一些古怪而荒凉的小村庄，还有几处浪漫之地。在那里，风儿散发出黑森林的香味。在枝繁叶茂的冬青树林和黄杨树林中，露出了古老城堡的地牢。一幅维吉尔式的景象定格在那里，颇具人情味。时至今日，驮着一袋袋橄榄的驴队和骡队仍旧在红土小路上缓缓前行。枯瘦的老妇人们穿着打着补丁的裙子，她们像救世主一样，扛着小袋的松露徒步去村里的市场。寂静荒凉的高原承载着世界上最美的天空。从小吃着猪肉长大的小男孩，他们脸色红润，身材敦实，正在萃取薰衣草的精华。更高处还有一块块山石，孤零零地躺在那儿，白花花的宛如大洪水时期留下的累累骸骨，让风声奏出远古的音乐。

于是，这才有了马诺斯克。一座城市，无论你希望它是圆形、三角形还是方形，它都有是这样而不是那样的理由，它有自己喜欢的形状。无论是裁剪它、扩展它，用我叫不上名字的东西嵌入它，还是梳理它、刷洗它、打扮它、勾画它，它都有一个无忧无虑的灵魂。有了这个灵魂，城市也便拥有了生命。无论别人如何乔装打扮这座城市，只要它一开口，响起的便是它永不改变的灵魂之音。

我上了年纪，终于知道今天人们带着略显幼稚的鄙夷之情称为"旧时代"的东西究竟为何物。

普罗旺斯：骑士与薰衣草

这就是以前"贫穷"的马诺斯克，它的城墙仿佛一顶皇冠。城内崎岖不平的街道与体面的银行格格不入。这是一座由修道院组成的城市，一座由内园、庭院、水井和宏伟的喷泉组成的城市。正是在这样的环境里，我第一次读到莎士比亚和卡尔德隆的作品，至今仍历历在目。那时的人们用煤油灯照明。我们家直到一九一九年才通上电，这是我母亲为庆祝我战后归来而准备的惊喜。我承认，电很实用。我也承认，现在一旦停电，我很乐意用回煤油灯。

如果有人像我这样说话，大家都会一笑了之，因为大家都沉醉于现代世界的各种发明，我对此十分清楚。请放心：我的意思绝不是说用回煤油灯便能觅得幸福。我认识一个人，他总是到处嚷嚷：只要有间浴室，他就会开心。他有了浴室。当然，他并不比以前开心。况且，由于他声称自己很开心，却不再知道还需寻找何物，于是显得憔悴不堪，常感头晕目眩。

区区五十余载，马诺斯克已然变了模样。好与不好，不是我说了算。我不是管理者，我在这里给予你们的是上天的观点。况且，马诺斯克已经变了五十次，无需有人对其好坏负责。发生改变的正是时代。

但是，灵魂始终如一，因为距离此地只有数公里之遥的荒地依然未变。在那里，创新是行不通的，生活必须按照老办法进行，我则称之为年轻的生活方式。

透过在马诺斯克所见的一切，去寻找它的灵魂，这会让你受益匪浅。

一九五二年

普罗旺斯：骑士与薰衣草

从尼永斯到马诺斯克的行程

骑士经常踏步前进，司机从不会这样。骑士有时会下地行走，司机从不会这样。骑士与他的坐骑合二为一，他自己就是这一合体的头脑与智慧；司机与他的机器组成另一台机器，他只是这一新机器的伺服发动机。我觉得需要开始讲一讲"慢慢的旅程"，讲一讲"百步一歇"的路程，讲一讲可以让人了解一片乡土，而不是疾驰而过的交通路线。

有些人已经"穿越"了千百次普罗旺斯，我有时会和他们聊一聊这片土地，但他们对其还是一无所知，甚至对他们全速通过的道路也一无所知。他们能够告诉你道路的哪一段是好的，哪一段是坏的。但是，在冬青树林间闪耀光芒的犹大树，他们却没有看到；蓝蝴蝶飞舞其上的泉水，他们也没有喝过。他们去了某个酒吧喝了杯矿泉水，这其实在他们家边上不费吹灰之力就能喝到。他们要做的事，就是超过卡车，就是从一个地点飞快赶往另一个地点。但是，世界不在你想去的地方，而是在一个地点和另一个地点之间。

有一条路我特别喜欢。不用担心，这条路很有名，超级有名。它就是从尼永斯到马诺斯克的这条路，更准确地说，是好几条路，因为要多次变换道路。那我们就上路吧。

我不会给你讲任何在旅游指南中可以找到的介绍，也不会告诉你地图上标注好的内容。如果你不介意的话，我将在这里做一个内容有限的简短陈述，借此说明司机所缺少的东西，说明司机所不了解的世界，而这一切正是由于机器让司机所沦落的"处境"造成的。

在距离尼永斯六公里的538号国道上，有一个岔路口可以通向185号省道，顺其而上便可以看到一条名为里约塞克的湍急溪流。在这条小道的第三个弯道后，如果你向右走一百米，便会来到一个小山谷，一处小型的日式景观随之映入眼帘：一幅由三棵野梅树（五月开花）构成的画卷，色泽墨黑，布局简洁，令人赞叹不已。其后是一座高山，山体仿佛蓝色瓷器般脆弱、透明（当时约下午四点）。此时此刻，什么都不用做，只需静观，也不用拍照，因为它毫无效果。罕见的景观是无法用影像记录的。静观其变，且听风吟，这就是你要做的一切。

啊，当然，正如你所看到的，我要说的内容完全不同于你看到的旅游指南，尽管这些指南将你从罗马式小教堂引到学院式教堂，从回廊引到全景台，从路易十三的城堡引到古代剧院。理解这一切，你需要有一点灵魂。不过顺便说一句，其他事也需要有一点灵魂。世界只因自己而存在，幸福也是。

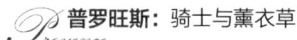
普罗旺斯：骑士与薰衣草

我穿过福贡镇，朝着莫兰镇前进。途中，我驻足停留，走下山坡来到屋维兹河的河床上。河水与道路擦肩而过，分汊的几股小水流交织在一起，颇似卡斯塔利喷泉。必须再向远方行进，我需要说这番寻觅是靠步行完成的吗？一步一步缓缓向前，仔细观察周围的一切。感官清醒，就不会错过任何享受的机会，比如这株老无花果树的味道，白鱼穿梭的身影，或者狂风像鞭子一样抽打桤木，发出刺耳的呼啸声。你往下游走上一两百米，无需我多言，你就会为眼前的景象停下前进的步伐：这就是人生的意义所在，无论一个人的社会处境或文化程度如何，他都本能地追寻这样的景象。在任何时候都可以看到这样的景象。如果是冬天，杨树就像遭受雷击的大理石柱子，从上到下布满了斑马线般的裂纹，溪水会在石缝间汩汩流动，奇异的鸟儿宛如身穿盛装的大会主席，鸽鸟在砂石上踱来步去，这些更凸显了这幅景象的超现实性，让人浮想联翩。如果是夏天，那么枝叶散发的魅力，白杨树闪烁的微光，阿斯特雷和利尼翁的微风，还有解答人生疑惑的答案，所有这些都会让你气定神闲。

需要步步皆停，这简直是要把汽车扔掉的节奏！还没有到达目的地，那就让我们跑起来吧。这份数千页的简述，我们只需几页，只要我们起先就想好路线图即可。哎，抛开这些需要攀登的"巴比伦空中花园"——这些"花园"俯瞰通向比莱巴罗尼镇的5号省道（真是可惜！）——我们就走通向丰托布山坳的72号省道吧。

这条登山之路有许多可看之处。让我们摆脱那压在我们头上的铁皮屋顶，摆脱那限制我们视线的门框，让我们迈开双腿走上几步。我无意赘述细节，我只想说一定要走到牧羊地，甚至要走到普莱西昂镇，从那里可以看到一个堂·吉诃德式的奇异景象，不过我觉得地图上应该有标记（但也不能因此就忽略它）。我无意赘述细节，我想给你们展示的只是一个细节，是一树、一草、一蜂的短暂融合：我也不想给你们讲薰衣草（这条路有时也被称为薰衣草路），现在（各种）薰衣草被用于美食和旅游宣传。

让我们迈开双腿走上几步吧！走到了"犹大山地"[①]。走到了一处斜坡，可以靠着斜坡坐着读读《圣经》。走到了一株野生康乃馨前。在山口左侧一百米处，在一处小型洼地的边缘——这处洼地表示附近可能有地下水流过，因为上面长有几棵灯心草——有几株香草兰。要用刀挖得很深才能挖到根部，它就是曼德拉草，长得像一只小手，闻起来有香草的味道。

那么，既然我们闻到了香味，那就趁着菩提树开花时走一走这段路（即现在从丰托布山口到艾尔山口的这段路），也只有在这个时候才能走一走。无需我发号施令，你就会下车（车内总有股汽油味）。你仿佛掉进了蜜罐之中！你的肺成了感官，你忽然意识到，吸进体内的无论是某种气体，还是纯净的空气，对你的心灵而言并不是无足轻重的事。譬如在这里，你呼吸的是纯净的空气，还有"阿拉伯的所有香味"。所以，在丰托布山口到艾尔山口的这段路上走一走（如果你坚持的话，你也可以坐车不

[①] 作者在此处用"犹大山地"代指普罗旺斯高原。

走路）。这里是纯净的空气和菩提树的香味完美地交织在一起的地方。在你的右边，你可以俯瞰狭窄而深邃的黑色山谷，里面有布朗特村，还可以看到旺图山，这样的景色近在咫尺。

这里，我会故意含糊其词：对我而言，这既是谈论某一个人，也是涉及保护他安宁的问题。所以，在某一时刻，在你行进的这条路上，你要果断地走入道路左侧的金雀花丛。也许你会找到一条小路，就沿着它走。它会带你千回百转，穿过蜜蜂嗡嗡作响的菩提树林，穿过盛开的三叶草和驴食草的小湖，最后来到只有一扇门的屋子跟前。我之所以强调"只有一扇门"，这是因为情况确实如此：这座小屋没有其他入口，也没有窗户，什么都没有（也就是说它很小）。最重要的是要让你明白，你会在同一个地方进入和离开这间屋子，换句话说，你会在外面找到你进来前留在那里的东西，你会觉得这并不有趣。屋里的主人会十分热情地欢迎你。他不是卖东西的。你一定以为我是不是要引诱你去看瓷器、手工纺织品或橄榄木杯子？不，他不是工匠，他不卖东西，正如我说的那样。如果我带你来这里是为了让你能看到他，那就是为了让你能看到他，仅此而已。这一点我可以发誓！

他会让你坐在他家的门槛上，你则会心平气和，眺望风景。他会给你一块他亲手做的面包，一点点蜜蜂们给他采的蜂蜜，还有一杯凉水。你大可放心，因为他明显没你聪明，可能也不如你强壮，当然也没有你那么拘谨。不过他每天过的就是这样的生活。让我们奔向"汽车"吧。

菩提树的气味继续如影随形地跟着你，一直飘到雷亚内特镇，一直飘到旺图山和鹿尔山之间的峡谷，一直飘到索村。

现在，我们走550号国道。过了圣特里尼镇还有一条路，需要步行。这样的栗树林，这样的灌木丛，这样的静谧，其魅力值得细细品味，每走一步都让我们心情愉悦。美景目不暇接，倘若编成旅游手册，足足可以写数千页，发行数万期。我依然注重空气的质量。你刚刚呼吸的空气香气浓郁。现在呼吸的空气则充满了天然的气息。刚刚是冰糕，现在则是只掺有冰块的氧气。这样的空气你只要呼吸过一次，你就会明白，在密闭的小天地里滋生希望是多么徒劳的事。我们的血液是由我们的呼吸构成的，我们的智慧和逻辑是由流经大脑的血液构成的。这样的空气比笛卡儿先生要有用亿万倍。

要结束本文了，真是可惜。穿越温柔的山冈——每座山冈的顶部都萦绕着寺庙的陈年往事——走过湿滑的路面，奔向自己事先设定的目的地。之前（在一无所知的情况下），这个目的地曾是一家三星级酒店或一处"蓝色海岸"。去吧，我不会再阻拦你了。

一九六四年

格雷乌的魅力

如果说风湿病是一种传播广泛的疾病,那还有一种疾病的传播也相当广,而且它与人类密不可分,其本质可以让人致命,这种疾病就是无聊。

谁能夸耀自己的心灵十分健康?谁能肯定自己永远不会受到这种疾患的侵袭?一会儿,大地会不明所以地突然变昏暗,一会儿,空气似乎不再灌溉血液,我们的大脑空空如也,既无图像,也无故事可讲。我说这种病是致命的,确实如此。不管怎样,这是一种令人非常痛苦的疾病,它发作起来让人难以忍受,几近崩溃。

我不知道有什么地方比格雷乌更能治愈无聊。我很清楚别人会说什么来反驳我的论断。然而,正如这块福地用上古水源这一古老的药方来治疗风湿病一样——而且这一古方的使用必须上溯到比古罗马更为久远的时代——我想列举其魅力的这片乡土上帝创造的药方治愈了无聊。我认为这是唯一的药方。我希望大家一开始就认同我的这一观点。

如果不这样的话,难道要让我证明人类发明的自以为能对抗无聊的药其实是无效的?从电影放映的周期性(这在城市中已经成为一种常态)可以推断出,这种药其实完全没有效果。这些走进黄金国①、走进赫斯珀里得斯②圣园的人,仔细瞧瞧他们的脸庞:当他们怀着急切的心情冲进幽暗的放映厅,陷坐在自己的座位上时,是多么地充满希望!他们的脸庞被解药所控制,在整整两个小时的放映时间里,不断经历着兴奋与迷醉。等到散场的时候,再仔细观察:他们解闷了吗?开心了吗?燃起希望了吗?被治愈了吗?抑或只是像服过一片阿司匹林一样面露镇定(即便是阿司匹林,其效果也很短暂)?看到这些面容,我们不会说这些话。他们出来时比进去的时候感觉更为沉闷,只是在被电影迷醉的过程中才感受到些许解脱。从此以后,他们是不是就心怀希望?不是。他们的想象力是不是从此刻起就要塑造更加慷慨的血脉?不是。他们只有一件急事:回去看下一场电影。他们等待新电影,如同别人在等待可卡因和吗啡一样。他们自我麻醉,都没有消除无聊。我们会看到,所有治愈无聊的现代药,都一概无效:舞蹈,酗酒,恶习,残忍,邪恶,甚至是虐待。这些药方在经过短暂的刺激之后,终被证明不足以将无聊从人类短暂的生命中赶走。那还能做什么呢?什么都做不了。这一点确凿无疑。因为经过一天二十四小时的搜寻,除了我刚才提到的东西,二十亿"直立行走的哺乳动物"会一无所获。最终他们获取的资源,只是凭借自己的优势来完善勾搭良家女子的雕虫小技。

---

① 南美洲神话中的一个地区,据说那里盛产黄金。
② 赫斯珀里得斯,希腊神话中看守赫拉的金苹果圣园的仙女,歌声嘹亮,主要有姐妹三人。

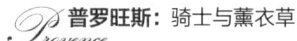

不过,据说这个世界已经存在了一段时间。在我看来,要是没有自然疗法来治疗这种致命的疾病,这个世界或许早已不复存在。让那些对此将信将疑的人来格雷乌吧。这片土地具有"魔力"。

我使用这个词语,是出于它古老的医学意义。难道就没有魔法师来减轻病痛,缓解烧伤、晒伤和狂犬病带来的痛苦吗?(这我可一点都不相信!)至于不归巴斯德研究所负责的"怒气病"①,我敢保证,格雷乌可以减轻该病。把现代生活在人们心中激起的所有怒火列个清单,如果格雷乌治愈不了它们,那我就吃掉我的帽子,正如英国人所言。

就拿脾气最暴躁的人来举例,前提是他还有"人情味":因为世界上最伟大的魔术师都无法从帽子里变出一只兔子来,如果不是事先把兔子放在帽子里的话。所以我们就以脾气最暴躁的人为例。在六月的某个早晨,把他带到这里。那个时候,天空正从温柔的绿色转向清亮的蓝色。始于远方阿尔卑斯山脉的云海,如万马奔腾,气象万千。与此同时,夜色还温柔地罩在树叶和草地上。如果他在遍地鲜花的菩提树下行走的距离没有超过二十五步,如果充盈他肺部的香味没有让他忘却使他肾上腺素激升的所有气味,如果你没有看到他的脸以惊人的速度重新焕发神采,他的眼神又变得纯净清澈,他的嘴圆得像个婴儿,那他就没有希望了,地狱里的刽子手正磨刀霍霍;如果他爱的人与爱他的人也正将他抛弃,那他的生命

---

① 此处的"怒气"和前文提到的"狂犬病"在法语中是同一个词(rage)。

就会枯竭,待在他身边,哪怕一丝微风,你都可能被灼热的沙子覆盖,仿佛你是与撒哈拉沙漠并肩前行一般。不过我觉得他肯定无法抗拒这二十五步,唐璜本人也无法抗拒这二十五步。从那一刻起,他的心情会从愉快到快乐,从宽慰到安宁,从高兴到幸福。他会从慵懒中受益良多,在分秒之间把握不可思议的财富。如果他最后被迫离开这片土地,那就要用铁钳把他拉出来。

你一定需要比我更合格的见证人吗?你怀疑他们的诚意?诚意并不缺乏。譬如"布罗斯院长"①,他是一位来自第戎的勃艮第人。他很年轻,这让他显得活力四射。他去了意大利;在其随后的行程里,我们看到他将玻璃器皿店洗劫一空,就像一只自信满满的手扔出的一颗鹅卵石。这意味着他不是那种任由开花的椴树影响和摆布的人。他跃身上马,再次出发(他在旅途中留下了一段发人深省的著名文字)。某天晚上,他在格雷乌驻足停留,这纯属偶然。以下就是他的原话:

你们可以想象我已经在意大利了,没有什么比坐着扶手椅移动更快的了。我只是在现实中移动,几乎没有接触周围的环境。简而言之,我在普罗旺斯。可怜可怜我吧,这里只有干旱。在经历了四天地狱般的阳光之后,如果我没有在一个叫格雷乌的村庄里待上两天并喝上两口水,那这地狱般的时光似乎永无止境,那我就会抱怨上苍。我不敢离开此地。这是沙

---

① 此处指夏尔·德·布罗斯(1709—1777),人称"布罗斯院长",法国法官、历史学家、语言学家和作家。

漠后的绿洲。绿地，水源，恩泽，我不知道是什么福气附在这片宽不过一里①的土地上，这些让我流连忘返，将我滞留在此地。只要给在文蒂米利亚②等着我们的米洛德·特拉维尔捎上一句话，我就会兴高采烈地延长我逗留的时间。但是，米洛德万岁，如果没有他，也许我会在既没有意大利也没有勃艮第的这里度过我的余生。

这便是一种"魔力"，我重申一遍。这是一颗冷静的头脑，能够深刻地感知菩提树和梧桐树。他需要的不止一棵树，甚至不止两棵树。唯有如此，才能让他热情洋溢地做出决定。稍后，他会逐步讨论佛罗伦萨的魅力、锡耶纳③的圣洁和罗马的荣耀，借此来证明这一点。

你还需要更多的例子吗？这让我们选择起来颇感为难。譬如，你想提到米拉波。不是米拉波·通纳尔，不是制宪会议的那位米拉波伯爵——那个人满足于在马诺斯克的凡尔赛酒店"偷偷摸摸"地放纵——但我们还是拿那个绰号为米拉波·通纳尔的人来说吧，因为他体形肥胖，颇为夸张。但我们不要过于相信这种肥胖。他灵巧得像把剑，而且他剑舞得非常好。正是他在科布伦茨创建了死亡骑兵旅，并担任旅长。但我们不需要战争之人，或我们希望只在意外时才需要。以下是他写给沃韦纳尔盖的信（沃韦纳尔盖当时驻扎在南希）：

---

① 这里的里指的是"里格"，是陆地及海洋的古老测量单位。在陆地上，1 里格约等于 4.8 公里。
② 文蒂米利亚位于法意边境，是意大利因佩里亚省的一个市镇。
③ 锡耶纳是意大利托斯卡纳大区的一座城市，其老城中心区 1995 年被联合国教科文组织列为世界文化遗产。

步履如歌

在皮埃里斯纳德夫人的建议下,我去见了格雷乌。在这个我几乎不抱希望的大地上,我被迫走了十二里路,但我并不后悔。我把我们美丽的朋友诅咒了一百多次,诅咒她的伶牙俐齿,诅咒我与生俱来的唯命是从。有一天,我在佩尔蒂镇吃了别人给我的无籽西瓜,我在其中品尝到了新鲜。但自我来到这里,我的坚强就得到了回馈。你知道我有多么喜欢你的露台和你的高墙吗?除了可能会让你相信某种史诗般的歪曲之处,我必须承认,我在这里遇见的一切我都喜欢。没有什么比这个更有利于幸福、和平以及安宁思想的迸发了。想象一下,我把严重的道德冲突和曙光女神的咏叹调交织在一起……我不停地哼唱,随意地哼出曲调。这就是我有了绿荫与清凉后所处的状态……请不要对莫兰先生说一个字。

此时的米拉波远离了死亡骑兵旅。他在格雷乌,正哼唱着吕利①的曲调。这位猛士抡着拐杖,击打着田野里的松虫草。还要补充一点,米拉波有一双绿眼睛、一张贪婪的嘴、一双牧师的手和一个非常难以取悦的脑袋。自从他哼起吕利的曲调,他就让我想起了我非常喜欢的一个小人物——格雷特里,谱写《四季》和《夜之颂》的格雷特里(《大地与海水》……我呢,与米拉波不同,我在格雷乌的时候会哼唱格雷特里的曲子)。

格雷特里乘坐热那亚的驳船来到马赛,这种船一半像检查艇,一半像蔬菜运输船。他在马赛一上岸就病倒了,吹了十六天的普罗旺斯西南

---

① 让-巴普蒂斯特·吕利(1632—1687),意大利出生的法国巴洛克作曲家,是路易十四的宫廷乐正。他开创了法国歌剧,对当时的欧洲音乐产生了巨大影响。

风，被地中海搞得头昏脑涨，胃部泛起的恶心感甚至让他连盐罐都看不清楚。他有事要去老朋友马桑特家，在靠近加普市的泰于镇。情感问题，需要用温柔的母性来抚慰。他行色匆匆，顾不上持续的恶心，奔向马耳他的十字酒店。他几乎没在艾克斯休息，也没有在圣保罗过夜。那他经过格雷乌时在做什么呢（他在里耶兹镇歇脚）？他停了下来，准备给马桑特夫人写信：

我受不了了。我停了下来。三位美人（他的女儿们，年纪轻轻就失去了生命，宛如被五月霜降冻伤的玫瑰）踏在草丛间，游在水面上，颇似狄奥克里特斯的仙女。我渴望得到你，但承蒙此处的恩典，我方才知道你值得先找一位生性平和、面带微笑的男人。在这里花一个小时给车子包铁皮，让我活脱脱变成了一位"小老好人"。一天一夜究竟有何用？我明天才出发。

步履如歌

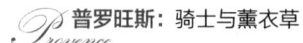

这就是正宗旅行者对于格雷乌的评价,他们心中都有欲望:冒险、荣耀或爱情。即使有人会竭尽全力反驳我,即使有人声称我列举的受访者很谨慎,声称要去图书馆寻找他们的证言,我也绝不会推翻自己的观点。

是的,因为我们的世界已经失去了绿意和快乐,因为绿意和快乐已经成为博物馆的展品,成为往昔时代的遗迹。只有那么几位以残害心灵为己任的号手,执着地用吃饭、报告、立正或通话时候的铃声来扰乱岁月的辉煌。但在人们懂得享受的时候,这些见证并没有被忽视,而是成为必不可少的内容。我要用我心爱的司汤达来向你证明。

啊,亲爱的司汤达!他也谈过格雷乌,至于用什么样的言辞,你马上就会看到。但他没有来过此地,没有来过,正如他并没有像《游客见闻录》①里那样真正旅行了两百多公里。他用自己喜欢的旅行故事,在巴黎写下了他的"美食"书(上天保佑,天才们的美食需求)。他尽力不忘记任何重要的事,注意论述全面,好坏兼顾。马赛像一个发酵的柠檬(然而凡图尔街却庇护了他的爱情)。至于艾克斯,他在其中只看到了麻木不仁。不过,他很优雅地谈到了沃内勒镇,他说"那里有空气"(大家觉得他在圣维克多山脚下大汗淋漓)!从梅拉尔格平原到佩罗勒,他说"它很平坦,上面落满了柳条",仅此而已。他道出了圣保罗的一桩可怕的恶行,当有人在打扫牲畜棚时,他一定在那里度过了一天(我的意思是他

---

① 《游客见闻录》是司汤达于1838年在巴黎出版的两卷本游记,又译为《旅人札记》。

一定读到了某一天打扫牲畜棚时有人经过那里的记载，因为他没出巴黎便写下了这一切）。那他是怎么评价格雷乌的呢？（这等于是在问：他那个时代的人是如何评价格雷乌的呢？）

这位旅行者在他的房间里说："我经过了迪朗斯河，边上有座小教堂，它俯览这条喧闹、灰暗、遍布鹅卵石的河流。我的马掉了蹄铁，农场的铁匠把蹄铁修复了。这是我第一次看到需要牧师的农场。确实，农民似乎对马蹄铁匠比较照顾。他技艺娴熟，之后他给我指了一条通往格雷乌的捷径。我到那里的时候是下午三点，被阳光炙烤了一番，身上落满了植物的飞絮，相当难受，我不禁咒骂起来。在这里，一切都得以舒缓，无论是糟糕的心情，还是难耐的瘙痒。池塘里的水像奶油一样滑腻，我不知道还有什么幸福能够超越我当时的感受：在巨大的梧桐树树荫下，穿着凉爽的内衣四处游荡。不得不说，这里的社会洋溢着快乐与平和，极富感染力。"

因此，当司汤达在没有离开巴黎的情况下写下这几行字的时候，这种快乐与平和一定是众所周知的。

只要再往前追溯，便能找到阿里奥斯托①。但是这样继续堆积证词和证明又有什么意义？究竟从何时开始，美也需要保证？我说的是最古典

---

① 阿里奥斯托（1474—1533），意大利文艺复兴时期的诗人，代表作有《疯狂的罗兰》等。

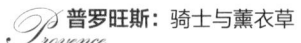

的、最希腊的，同时也是最根源的、最法式的美。

在这片神奇的大地上，如果有本书可以让人读个不停，那一定是《奥德赛》，有绿意，有女神们四散的灰烬，有风浪声（到了夜晚，格雷乌巨大的梧桐树会发出隆隆之音，犹如丝绸般平静的海水的拍岸声）。如果在这里还可以读另一本书，那便是《斐德罗篇》①，我对此深有体会。无论诗句多么言之凿凿，多么饱满严肃，多么热情奔放，它每时每刻都可能面对干枯的赭石色草地、灰色墙壁、淡蓝色橄榄树，和谐从容有度，却又极度亢奋，令人心痛。它们彼此纠缠，颇似亚马孙的防御山丘。

我的思想底蕴适合这里的灵魂，与这里的平和与安宁相辅相成。如果想加以了解（这一点仅存在于你我之间，让我们小心翼翼地保存我们的魔法配方），那就是莎士比亚的美妙和黑暗，尤其是堂·吉诃德在山地上令人着迷的夸张举动。蜷缩在上帝恩赐的慵懒里，星光万丈，进入梦乡。

一九五〇年

---

① 《斐德罗篇》是古希腊哲学家柏拉图的一篇哲学对话。

步履如歌

韦尔东峡谷

万壑千岩，紫色的霞光映在松绿色的湖面，蔚蓝的天空如澄澈的海水一般，风呼啸而至，宛如仙逝神灵的音容，世间最浪漫的景象莫过于此。

一九五九年

普罗旺斯：骑士与薰衣草

勒韦斯特迪比永镇

现在，我认识了这颗上普罗旺斯的心脏。我生活在里面，跟随它跳动的节拍，它用它的血液与热情淹没了我。现在我从它里面钻了出来，黏糊糊的，赤裸裸的，好像我真的出生了，终于大功告成。

我已经在勒韦斯特迪比永镇待了几天，住在画家朋友欧仁·马特尔家里。我们在朋友邦尼奥尔家吃饭，相继与莫雷尔夫妇、马特尔夫妇、路易·德·里维埃格罗斯夫妇亲切握手。邦尼奥尔首先给我们吃的是腌制的野猪肉和鸫鸟。之后，他又恢复了平静的饮食，对于我们那些可怜而孤独的肉制品而言，是件幸事。晚上，如果他没有弄错，就会给我们端上欧百里香茶。如果弄错的话，就给我们喝芹菜茶。如果邦尼奥尔夫人在晚间祝福时听她的修士哥哥布道的话，就会发生这事。

勒韦斯特迪比永镇在海拔一千米处，那里是高原的起点，位于气流的正下方。它被一簇簇云团裹挟，处在地形蜿蜒的广袤荒原上，像老鹰的翅膀一样环绕着我们。我住在修道士的一间小屋里，窗户嵌在几乎有两米厚的墙壁之中。窗户的另一边寂静无声。有时，皮毛会与房屋发出奇怪的摩擦声。那是风声。现在是六月时节，天气却很冷。昨天晚上，第一个走进邦尼奥尔家听我讲故事的人说道："要下雪了。"

这些天来，我们和马特尔一起走过了许多宁静的道路，路边景色美不胜收。整个高原被村子周边宽阔的沼泽地团团围住。东边是旺图山，像雄狮一般横卧在那里，呼出冰冷的气息。在它跟前，绵延的群山在不断奔跑，山脊隆隆升起。马特尔对那里的时间和地点十分熟悉，知道去往哪个确切的地方。只有这样，在奔向和谐的同时，眼前才会呈现出色彩与形状的饕餮盛宴。我们沿着老磨坊的小路往上走。接着，他对我说："再走几米，然后我们转身，它就在眼前了。"

它真的就在眼前。

在我们嘴唇的高度，云海像麦浪一般向下方流去。身后，一片虚无的蓝色正随着树木的气息而呼吸。然后，大地升腾起来，掩映在一片奇花异草中，松林从地平线的一侧延伸到另一侧，显得无穷无尽。松林背后，又是一片广袤无垠的虚空，从中不断飞出体形巨大的鸟儿。远方，旺图山用它卧狮状的脊梁承载着天空，露出它花岗岩的肌肉与骨骼。

它就在眼前，再多走两米，便消失不见了。另一件事：尼格隆山口周边废弃的村庄，宛如一块块疮疤。还有泉水营、枯井、栗树林，以及圣克里斯托尔岩坝……我们慢悠悠的朝圣之旅整整花了一天时间。大地，

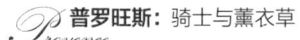

普罗旺斯：骑士与薰衣草

毫不留情地在我们身边堆积了梦幻般的美丽。我们带着美好而平静的忧伤回来了。我回到我那洁白无声的修道士房间。尽管窗外还是天青日白，但我还是上床躺了下来。在这片乡土的巨大毯子下，我睡着了。我的胳膊搁在广阔的荒原上，我的头枕在蓝莓般的山丘上，云雾如麦浪般在我唇边翻滚，那是新床单与爱情的味道。

今天是星期天。欧仁·马特尔给他的侄子——索尔特的公证人——打电话。我们请他来邦尼奥尔家做客。这是一位和蔼可亲、聪明伶俐的大男孩，有一双漂亮的大眼睛，透出人文学者特有的智慧光芒。之后，表哥莱昂·莫雷尔来和我们一起喝咖啡。我们前天就见过他了。当时他正在收割草料，我们则在捕捉蝴蝶。他对我们说："快来这里。"

他拦住了自己的马匹。他用自己的帽子替我捉了好几只蝴蝶。

所以，他来和我们一起喝咖啡。没过多久，我们就决定今天下午去看塞维落水洞，即靠近珀蒂特佩利西埃尔的一处深坑。路上，马特尔在路上给我指了指伯纳的大橡树。至于道路，我们开始走的是马路，接着就左拐进入几乎没有路痕的小道，金雀花蹭着汽车底盘，荆豆刮擦着汽车车门。车子随着地形的起伏上下颠簸，宛如左摇右晃的航船。有段时间我们迷路了，莱昂·莫雷尔便去向三个正在翻草料的人问路。

他回来的时候说："是马西明。"

"马西明,"马特尔说道,"我们要停一停,不能就这么路过,不然他会说什么的。我们有四年多没有见面了。"

"不用了,"莱昂·莫雷尔说道,"我跟他说了,你在陪别人。夏尔先生,向后走,然后穿过橡树林的小路。"

塞维落水洞是高原上的黑洞,没有屏障,也没有指示,隐藏在灌木丛后。若驾乘汽车,很容易就会掉进洞里,而且里面深不见底。我们在五米开外的地方停了下来。

一边是悬崖,另一边直到某个高度都是缓坡。

我们在缓坡上又朝落水洞走了一小段距离。我们捡起石块扔进洞里,看到它们在里面弹跳下落,然后噼啪作响,最后消失不见。不时有某种叹息声从深渊处升起,接着消散在阳光下。

"是个洞。"马特尔说道。

我们在无路的荒原上继续前行。很快,我们又来到了宽阔平坦的高原上,它颇似摆动的巨大翅膀。马特尔的小眼睛炯炯有神,他像船长一样观察着周围的环境。他把手指伸给我看。每一次,他的指尖都会出现地平线和它悲伤的韵律。

突然,当我们从一片栗树林中走出来时,马西明就出现在我们面前。他和他的儿子还有一位邻居等在那里。他正要赶回农场。他好不容易才明白过来,原来马特尔也在。他有愿望。他自言自语道:我们再等等吧。看到汽车转弯,他想:他们会穿过栗树林的。他想:我们站在那儿,他们就不会错过的。他们真的来了。

"我知道,"他说,"你会到我的燕麦地边上来的。"

"马西明,我们一定要进来,"马特尔说道,"只坐五分钟。"

他上车后,我们让他坐在我和马特尔之间。他姿态僵硬,双手放在膝盖上,抬头挺胸,身上有栗子汁和烟草的味道。他的脸形滚圆,仿佛用红砖砌成;卷曲的短胡子已经全部变白;脸颊凹陷,凸显出嘴巴的干瘪,也衬托出他炯炯有神的双眼,清澈而闪亮,仿佛微风拂过刚刚生长的燕麦田。

"真是机缘巧合,"他一边说一边看着马特尔,"你就来了。"

步履如歌

他的农场坐落在草丛之间，就在荒原之上。放眼望去，没有农场，没有村庄：山丘、树林、燧石地。简洁方正的建筑周围是用干燥的石块砌成的护墙。我们走了进去。外面的直梯，易守难攻，直达门口。

"上去吧。"

一只老牧羊犬在叫唤。

就这样，我进入了上普罗旺斯的中心。十平方米的木地板，阴影处闪烁着跳跃的小炉火。一束阳光透过百叶窗照在暗处。当屋子被风吹得晃动时，阳光也会颤抖。阴影中间是一个高大壮硕的女人，她穿着一袭紧身上衣。房间里所有的阳光都照在她身上，宛如金色常春藤的叶子。

她在黑色的水池边洗玻璃杯。

现在，我看到了大桌子、婴儿床和壁炉，壁炉里有一小堆火炭，四周干净得像一块石磨。牧羊犬躺在桌子底下，头上是主人的鞋子。马西明在我们身边坐下，双脚并拢，双膝分开，双手放在膝盖上，胸脯挺得笔直，脑袋略微后仰，仿佛他正透过天花板仰望盖在巨大世界上的巨大苍穹。他从中获得了动物之力和植物之力。是他竖起了护墙，锻造了锁，搭起了楼梯，接上了横梁，钉上了门，填塞了褥草，围圈了羊群，在沙漠和凛冽的狂风中建起了栖身之所——一间黑屋。在这里，他的妻子穿着长长的褶皱裙平静地休息，而屋外的西北风吹得白杨树弯下了腰，吹得鹰巢左摇右晃。

"你很久没来勒韦斯特了。"马特尔说道。

"有七年了。我有匹马受到了惊吓。"

他向我们询问安德烈的近况。

"他不错。"

"那就好。"女人说道。

她在她男人边上坐下,一双小眼睛盯着他看,眼神里饱含欣赏之情。他们携手走过漫长的岁月,尽管人至中年,眼神里依然满是欣赏。而此时此刻,当他说起打造车辆的刹车,说起杀野猪的事,说起马儿在山坡上溜缰让他感到害怕的那一刻,她不停地哼哼,对丈夫的话语表示赞同、惊讶、害怕、欣赏,用眼神表达温柔而极具魅力的钦佩之意。当炉膛里的橡木树桩快要爆裂时,我才突然瞧见她大理石般的脸上闪耀着甜蜜的忠贞。

在我们走之前,马西明向我们展现了他的农场的荣耀与富裕。

"细水长流。"

是的,一条极细的水流,宛如羽毛一般,流进了一座小池塘。

这就是在我们眼前的勒韦斯特迪比永镇。我们看到了布尔纳的橡树。此时此刻,在我的脑海里,这棵孤独的树与这个孤独的人融为一体,焕发着神性。

一切你认为不可能的事,到了这里,都尽在你的掌握之中。你的简单,只是更大的复杂。你要敢于尝试他人敢做之事,这些事情只会给予那些在路边等待、双手伸向苍穹的谦卑者们。

稍后，邦尼奥尔夫人会把一盘西葫芦馅递给你。
"如果你想要的话，让先生！"

再过一会儿，你会吹灭蜡烛，去床底寻觅折叠毯子的温暖。在寂静的屋子里，你会听到钟摆的声音，它标志着与深渊和地平线相称的神圣一刻。

在睡梦中安静地躺着，仿佛穿门而过的尸体。明天，一个崭新的生命便会流进你的躯体。

一九三三年

步履如歌

拉克罗镇

春分时节之后，绵羊在拉克罗镇随处可见。之前，它们三三两两地挤在那数不清的羊圈中，以此来挨过整个隆冬。现在，它们成群结队，浩浩荡荡地出发，脚下的大地也因这接连不断的脚步声而变得炽热起来。绵羊们朝阿尔卑斯山望去。它们悄悄地聚集在东边，队伍缓慢移动，不断壮大。晨光熹微时，它们四处嗅嗅，咩咩叫着向东跑去。人们遂意识到，这种行为与其说是听从了人类的命令，倒不如说是它们在自然法则驱使下的天性使然。牧羊人不像在对羊群发号施令，而更像被羊群裹挟前行。在旁人看来，当他们围着驮鞍团团转时，当他们将东西撂在骡子背上，并把骡车也装得满满时，他们像极了准备偷渡的难民。

难道是有某位老板、某位将军或某位神灵的指令？抑或是这些数以万计的牲畜的自然之力？不过，在某个清晨，羊群的确上路了，一步一步向前走着，从容不迫，一往无前。夏季的进山放牧活动就这样开始了。它们沿途经过了沙龙镇、朗贝斯克镇、库杜镇以及形形色色的小山谷。这些小山谷通向特雷瓦雷斯山脉、艾克斯和圣维克多山。羊群继续向着迪朗斯河谷前进。当第一批驮得满满当当的骡子深入罗涅镇绿油油的橡树林时，另一批正从马勒

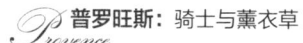
普罗旺斯：骑士与薰衣草

莫尔桥上穿行而过。在沙勒瓦勒镇、拉罗克当泰龙镇、圣埃斯泰沃镇以及勒皮圣雷帕拉德镇上，路上挤满了羊群，而迪朗斯河下游地区还依稀回荡着那一连串的铃铛声、咩咩声、喊叫声、哨子声，以及那轰隆隆的步伐声。

最初的放牧之地再现了"罗马时代"。羊群穿过，尘土飞扬，仿佛行进的军团扬起的尘土。这不再是恺撒时代的古老城墙、密涅瓦的躯干、荒旧寺庙的废墟，而是挤在羊群中艰难前进的车辆。旅游车、商务车、大卡车、小卡车，由于没能在羊群占道时及时变道，它们纷纷停在水沟旁与梧桐树下。就在片刻前，这些司机还属于二十世纪，属于快节奏时代，现在他们的脾气却变得与其祖先的古老性格如出一辙。人们不能不理解自然的宏伟，它源于被生存的迫切需求所左右的巨大变化。他们不会像遇到普通堵车那样焦躁不安。等待。学习。多年的好奇心得到了满足。五分钟前还开着跑车的人，现在却被洞穴岩画的静谧之美深深震撼。他欣赏公羊那硕大的羊角；他惧怕这批向东边山脉行进的羊群；他明白牧羊人的荣耀，牧羊人走在羊群之首，在混乱的羊群中维持着秩序，主宰着这场壮观的迁移；他为人性中最简单、最本真的一面所触动；他离开了机器，回归了生活。这不再是换挡或加满汽油的事儿，而是推算何时该让这些摇摇晃晃、相互叫喊的羊群歇一歇，让这些一刻不停紧跟步伐的羔羊喘口气。

如同溯流而上的潮涌，这支成千上万只羊组成的庞大队伍沿着迪朗斯河谷向上攀爬，淹没了城市、村庄与村落，挤满了县城街道。它们经过银行、政府与商店时，在墙上蹭着自己身上的羊毛和粗脂。它们掀翻了货摊，踏过了喷泉。

越往上走，羊群的气势越显昂扬。高处吹来阵阵微风，飘来高山草甸的芬芳。它们的颈圈不停晃动，铃铛不时作响，叫声越发急切。从山谷交界处的丘陵上，人们看到漫天尘土，整场移牧更显坚毅热烈。

山上已扎好营地。羊倌们打开了小木屋，晾晒了草席，重做了围栏。如果人们想踮脚看清远处这场移牧的终点，那在寂静的山顶便能望见老烟囱冒出的袅袅炊烟，有人等在那儿附近。然而，从这蒙古部落浩浩荡荡踏过的深处，仍然只能看到一条路。诚然，自离开拉克罗镇以来，这路已经变了。他们已经来到了别处。离开种满柽柳、海蓬子和蓟的土地已有些时候，他们甚至越过橄榄树和梯田，抵达了遍布高大橡树、梨园、淡水与沃草的地区。歇息时，羊群品尝到更为丰富清香的草料，也能在河边喝水，这是在下游干燥的拉克罗镇所无法想象的。一路奋勇向前的辛苦都得到了回报。然而他们仍要前进，走得更高，走得更远。

与人们所想的相反，这股潮涌并未由于离开起源地而逐渐式微。它赢得了胜利，且更加无畏。每天黄昏时分，羊群在路边休息。所有的原始激情都寻到了动机：母羊给小羊喂奶，公羊在情人中穿梭，赶赴一场场战斗，轰隆声不绝于耳。此后羊群在静谧中入睡。短短几分钟内，牧羊人再次返回自己的时代。他可以抽着烟斗，想着周日和楼下的姑娘们跳舞的曲子。他也在经历移牧，也在变换生活。一股新鲜空气涌入了他的肺中。

这个时候起，繁星与骄阳交替前行。已经走了二十天，还有十五天的路程。夏日正在逼近，要赶在夏日真正到来之前赶到目的地。牧羊人深夜启程，用鞭子、口哨和狗吠声来叫醒羊群，赶它们上路。他们手里提着灯，发号施令。领头骡的鞍上插着蜡烛，马车上悬挂着红灯笼，有两人走在最后。轰隆声突然响彻夜晚。沉睡的城市里，商人与资本家睡眼惺忪，故事与传奇的喧嚣飘入他们的梦里。农场里的狗焦躁不安，吠声连连。大部队的盔甲晃来晃去，山谷内回声萦绕。

越靠近源头，山谷越是窄小，越来越窄的通道使队伍越走越长。山上夏天来临之际，走在最前头的骡子站在山上，羊群紧跟其后，此时，阿洛斯镇高山牧场、维索山草地与洛塔雷山口上的第一批鲜花在寂静中悄然绽放。离开拉克罗镇后，羊群有些松松散散。登德山到莫丹镇一段的阿尔卑斯山脉都可见其身影，然而为了去往高山草甸，它们不得不兵分几路：一些朝着巴瑟洛内特镇所在的山脉走去，另一些前往布里扬松镇，还有一些则奔向格勒诺布尔市。在蒙热内夫尔镇，在靠近内瓦什镇的地方发现有羊群的落脚处，在拉尔什山口与马德莱涅山那里也发现了一些，剩余的则在靠近乔库高原和加内西耶高原的上十字山口处。然而，数百年来，一切都井然有序，夏日之花在牧场盛开，羊群在路上低头吃草。此刻，促使其奋勇前进的冲劲戛然而止。它们知晓即将到达目的地，于是行动渐渐放缓。这再也不是一场找寻与征服的活动，而是安家行动。人们看似在引导，实则却没什么可指引的。如果没有牧羊人引领，羊群也可以独自离开拉克罗镇，来到山区。这或许会多花费一点时间，或许没有那么多羊到达，但它们最终都会抵达。昨日，牧羊人想在驿站拦住它们，却徒劳无功。羊群会逃着奔往这里。而今，牧羊人若想把它们赶得更远，羊群就会待在原地。它们已经到了，它们对此心知肚明。

宁静的生活就这样开始了。羊群找到了夏日之乡。高山上雾气弥漫，寒冷与冰冻侵袭着羊群，冰冷的风暴寒彻透骨。但它们就在那儿，牢牢立于山间，神态自若，这里是它们的家，它们就在这里生活、进食、繁衍。它们不再前行，而在原地轻挪漫步。它们的挪步不再为了满足一个又一个欲望，而是追求一份又一份快乐。它们已经找到了自己的栖息地，为此足足用了好几个月。

然而这样的栖息地并不总能找到。寻找的过程充满了各种权衡，均由天意决定。夏日星座渐渐向西落去。每天清晨，黎明的天空被冬日星座一点点浸染。从表面上看，在阿尔卑斯山之巅，四下分散的羊群并没有改变行动。然而在某个晴日里，它们顺着路向下走。绿草因霜冻而枯萎。骡子出了栏，驮得满满当当。扬起鞭子，吹响哨子，羊群缓缓前进，那是通往平原、阳光和冬日故乡的道路。路上再次烙下岁月的印迹，游牧之潮也逐渐退去。

一九六一年

第三辑

梵高的星空

普罗旺斯：骑士与薰衣草

我想书写的普罗旺斯

我想书写的普罗旺斯可以冠以以下标题：《小议对万物的认知》。人们无法仅凭地理知识就了解一片乡土。我觉得，光凭科学知识，人们会一无所知。这个工具太精确、太冷酷了。世界有千万种柔情，必须要顺应它们、了解它们，之后才会明白它们的全貌。地理学与解剖学在精确性方面十分相似。你准确地知道河流从哪里起源，以及最终流向哪里朝哪个方向流，如同你知道血液来自心脏的哪个部分，流经哪些部位，又滋养了哪些脏器。但是河流的真正力量，是它在世界上真正呈现的面貌，是它对我们的使命，是它内部的光辉，是它倒映的万千景象，是它承载的情感记忆，是它同时在我们灵魂中刻凿出来的神奇的河床，是它向前奔腾流经的三角洲，也是它在人类内心世界的海洋里的层层积累。你从地理课上学不到什么，就像解剖学课不会让外科医生学到激情的奥秘一样。尸体解剖无法揭示心脏的高贵之处，因为尸体只是毫无神秘感地摆在异常明亮的手术台上，摆在这些冷冰冰的用于科学探索的工具边上。和人类一样，乡土也有它的高贵之处，我们只有通过接触和友好的交往才能了解。步行堪称是最为有效的接触与交往方式。

对我来说，我经过的路堤比大洋洲更丰富多彩。我驻足的这个地方乐趣无穷，我怎么会想再往前挪动一步？我只知道，这些乐趣不可胜数。但是，仅凭一个感性的原因，就足以让从瓦朗斯到卡里的柏树鞠躬致敬。如果一片绿色的麦田在尼永斯平原随风摇曳，那么它在布里尼奥勒山谷也会以同样的方式翩翩起舞。

起先，从巴罗尼到格拉斯，在所有地方都一样，橄榄一成熟变大便会袭上若隐若现的紫色斑点。大地在迪耶于莱菲那边蜷缩成山丘。人们发现，这是大地的习惯，这习惯蔓延至乌韦兹河、迪朗斯河、罗讷河、卡拉米河、阿斯河、布莱奥讷河和瓦尔河。褶皱的地貌一直延伸到尼斯，与大地十分相称。在那里，大地又以同样的方式蜷缩着，最后和树林一起放下身段，汇入大海。

麦田还是青草味，虽然已经结了穗，却像毛毛虫一样显得无精打采。六月份的阳光已经比较强烈，如果大地被它晒热的话，便会散发出颇似高原栗树花的香味，构建起乳白色的花道。在这些花道上，大风探索着叶子如黑夜般的深邃，它们被压抑囚禁着，呈现出暗淡的色彩。

只有我的快乐才能一直支持着我出行。如果是这样的话，那我已经感知到大地给予我的保障，那便是路堤上不断变化的景象，从一品红的小手到风轮菜和百里香的小爪子，从罂粟的花拳到燕麦的玉指，再到橡树的胳膊。一棵又一棵的橡树，遍布高地的野生橡树林。接着，原始的扁桃树

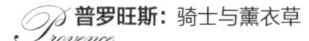
普罗旺斯：骑士与薰衣草

林用胳膊把大地温柔地揽入怀中，然后，再把大地递给每棵树、每棵草，让它们都抱一抱。我看到大地从河谷走向山丘，一直走到湛蓝的远方。就在那里，它与它的传播者以及它所承载的东西完全交织在一起，最终融入和自己早已相似的天空。但是，在这个和谐统一的过程中，有一种和我如影随形的缓慢感。出行的时候，我必须借助这种缓慢感，它让时间变得无穷无尽。从种植橡树的高原，走到远方因溪流与河水冲刷形成的、长满茂盛青草的冲击层，这需要何等的温情！这片大地用坚韧与可靠铸就了和谐，如果我要粗暴地与之发生冲突，那我什么都学不了。我必须花大量时间，才能了解昏暗的栗树园，才能宁静地享受它们。我将不可能再去了解我的出行——我贪婪而又自私的出行——如果我出行的速度与和谐转换的速度不一致的话，而这种和谐的转换恰好构成了乡土广泛的统一性。

我需要什么才能开车直至地平线的尽头？在那里，宽阔的道路似乎悬在空中，顶上的天空斗转星移。只需几个小时，我便可穿越橄榄园、扁桃树林、芦苇迎风摇曳的河流、砾石遍地的荒漠、柏树林，以及种有松树、建有修道院的让人伤感的山丘，上面发出颇似火焰颤动的声音。我既不会看到我出发的起点，也不会看到到达的终点。在那里，关于新生的叶子、奇怪的草叶、气味的微妙、炎热和寒冷的黏度与冷酷等我不明白的问题，我都不得不无师自通。我必须要搞清楚这些问题，这样才能享受它们。所以，我更愿意不享受快乐，因为这太难了。翌日或此刻出发，漫无目的地出行，因为无论怎样，我的身体都需要快乐，它会满足于出行的快乐。

现代技术所谓的胜利颇为粗糙。当他们说我是位诗人时,我感到很好笑。这群人失去了生活的品位,从而品尝到失败的忧伤,因为他们迷失了方向。这几乎就是贬义的指责,确实如此。但如果他们还能以古老而热情、自然且充满爱意的方式去认知事物,那他们依然还是自己,还是诗人,也就是说,他们还是真真正正的人。

我是步行的。当我迈出一步时,橡树内的汁液便升高三寸,清晨的虎耳草从两侧挺了起来,黄杨叶的光泽也变幻了千次。云雀瞧见了我,它不紧不慢地想,我到底是个什么东西,然后再想,我到底是谁。风儿越过了我,然后折回我身边,围着我打转,接着又离开了我。当我再迈出一步时,橡树的汁液还会继续上升,虎耳草继续挺起胸膛,黄杨树继续抖动,云雀知道我是谁,用它坚硬如铁的喙声嘶力竭地不停鸣叫。如此这般,双脚一步步迈向前方。此时,生活还是生活,乡土还是真正的乡土,道路通不了几个地方,但它是真正的事物。

此刻,它就在我面前展开,通向广阔的疆域。首先,它的路基是山丘上的碎石子,混杂着染料木和滑坡时的砂岩石块,它们有时是血淋淋的,像是把小绵羊开膛破肚后取出的肝脏。道路沿着大地落入山谷,然后消失在四棵白杨树的枝丫后面。更远的地方,道路又重新出现,雷亚讷的山脉把它举了起来,让它穿过像泥浆一样昏暗、翻腾而又静止不动的圣栎树森林。到了上面,在隆起的高地,它毫无支撑,随即落入深邃的昂格莱姆河谷。在那里,什么都没有,除了风云带来的条纹状的鱼鳞云,外形十

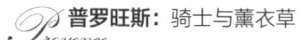
普罗旺斯：骑士与薰衣草

分独特，宛如被万丈阳光晒干后的大鱼骨。

是在昏暗大山里细得像条丝线的那条道路吗？不是，那是另一条道路。是从坚硬的绿色麦田的深壕里跳跃出来，然后奔向驴食草花海的那条道路吗？不是，那是另一条道路。是我们透过橄榄园泛起的微光瞧见的那条道路吗？不是，那是通往圣雅勒镇的道路。是与暗淡无光的大农场形成鲜明对比，然后带着爬上北方墙壁的一丝荨麻的绿色走向朴素的森林的那条道路吗？不是，那是骑士团封地的道路。难道它就在看起来似乎没有道路，只有柏树交织而成的无法跨越的围墙，只能透过缝隙看到如盐晶般闪闪发光的地方吗？不是，那是通往德龙省的道路。是在那片我曾把它错看成一条静止的溪流的，长有黄水仙的温馨草地吗？不是，那就是一条静止的溪流，干涸见底，只有焦黑的岩石。那么这回，橡树林下那条绵长的白色光带，总是那条道路了吧？不是，那是羊群奔向泉水踩出的通道。

那么你等一下，我听到了马车声，我想循声而去看个究竟。但农民们穿着凉鞋走路，并没有发出声响。运货马车缓缓前行，车轮上的金属轮辐发出吱吱呀呀的响声，然后在自己扬起的尘土和吱呀的金属声中喘不过气来。只要有棵树，便能让这声音回荡，如同对着空旷的地方击掌一样。马贩子策马加鞭，铁蹄声直冲云霄，听起来似乎它们不是奔你而来，而是像雨水一样，从纯净的高处落到地上。一切都显得暮气沉沉，毫无生气，直到你突然间遇到一个消瘦的男人。他脸庞通红，胡子像香草一般，眼眶凹陷。或直到你突然遇到一辆马车，正如有人所说，像凭空冒出来似的。

马车上坐着两位身穿节日盛装的姑娘。在数公里的孤独行程里，她们会从自己默不作声的嘴唇间挤出几丝僵笑。遵照旅行法则，正如天堂里的僧侣和神兽所拥有的法则，既然马车运输完全没有声音，非常安静，那你想用什么来留意这声音？当所有这些被静悄悄地不断运走时，你什么都没有听到，什么都没有看到。所以，我会仔细观察尘埃。风儿会在没有人经过的地方扬起尘土。就是它！就是它，就在那里，隐藏在山谷中。可能就是它，也可能是另外一个。别去找它了，走吧。朝前走，所有这些，都是道路。这是所有道路上的参天大树，它用自己茂盛的枝冠直直地掀起了世界的罩盖，好像血树撑开了皮肤，在风中发出嗞嗞声响，哦，人啊！在这方面，你要担负起自己的重担，在属于自己的时间长河里奋勇前进。

西边的道路来自勒韦斯特迪比永镇。它突然碰到这么壮观的景象，由衷地赞赏不已，不觉羞愧得低下了头。接着它湮没于大地的褶皱中，在那里试图寻找小草的藏身之处。高山与天空就在面前展开。有些大山坐落在山脉之乡，它们在自己的故乡如此惬意，以至于不必去追寻巍峨和庄严。有时，它们巍峨庄严，有时，也显得臃肿不堪。情况就这么简单。如果有人不喜欢，迈步离开就是。这里的大山栖息在一片不是自己家乡的土地上。人们守卫着它，给予它留下的权利，大家都有权留下。在这里，人们拥有非常古老的智慧，所以大家都可以随心所欲地自由生活。

不过，准确来说，由于这种古老的自由，这里的每个人都有着绝妙的批判意识：最小的花看上去和红色毫不相关，有点奇怪；最不起眼的灰色小草融入了它长期冥思苦想的所有学问：其实就是最小的一棵松树。当然，不能涉及带有殖民色彩的放肆言论。人们可以自由自在，人们也必须自由自在。做不到这一点的人便没有面子，但凡事皆有分寸。没人可以忽略这些，也没人会失去一切。臃肿并不意味着思想贫乏，高山在空中变宽，它依然是一座高山。冬天，山上白雪皑皑，让人找不着方向。夏天，山顶上垂下镶有冷杉树的蓝色深渊，那是暴风骤雨的伤口。当风声停止，我们会听到它狂野的回声。它的沉默具有神圣的一面。冰川融水如万马奔腾，重重地拍打在山脉的岩层上；水流如青绿色的马鬃毛，在平原上激烈冲撞，最后消失在黄色的柳树林中。

但是，凡事都不会突然分离，凡事都不会与暴力并置，一切皆有安排：这片平原距离天空有千万米之遥。万物都在长时间地述说，并且一再强调，好让我们真正知晓：道路上的脚步声，冷空气的纯净，七月的绿色麦田，细节的清晰、准确，这些都展现在二十公里范围内的夏日时节中。同一天，如果你可以和距此地五十公里的农田里的人相互比比的话，你就会发现，长到你小腿处的绿色麦子会触碰到你的膝盖。麦子已经变黄了些，你继续迈步向前，道路会变得愈发不清晰。酷热让你的鼻子发干，迷雾也让你看不清远方。走过一百公里，麦子便会碰到你的胯部，它们已经成熟了。走到距此一百二十公里处，麦子已经收割了。真正平原上的七月带有黏性，它让树木、房屋和人的形象变得模模糊糊，消融在麦茬儿上面颇似糖浆的空气中。一切都在远离这里，显得合情合理。低处平原的农民，如果他像我一样在这里观察这座山，那么在他眼里，这座山和他所在的地方的关系是合乎逻辑的，正如这座山与我所在的地方的关系一样。平原有广阔的岩层支撑，因此不至于被神圣山峰的洪荒之力压垮。这些岩层把我推上高处，高处的山峰便与我友好相伴。山峰周围的天空无拘无束。我和山峰都拥有空间。这份使我的道路受到迷惑的隐秘荣耀，就是万物皆有空间，一种神圣物质会接纳万物，甚至接纳远道而来的我，除非对伸向明净天空的山巅的敬仰之爱存有迟疑，哪怕是最小的迟疑。

过了一会儿，我转过头：勒韦斯特迪比永镇在我身后消失了。现在，道路从驴食草的花海里慢慢浮现。下方是用围墙围起来的一处农庄，当我渐渐远离它时，它显得越来越低矮，最后消失在一片栗树林中。在我面前，道路进入了一片矮小的桦树林中。这些树的树龄已经非常大了，它们经过了所有久远的时代，身上布满了疤痕。最老的树沿着道路一字排开，宛如魔法柱一般。树皮光滑如绸，上面干燥的伤口形成了神秘的字母表。树叶摩挲的声音很轻，但它们的光泽却很耀眼，抽动着、忍受着、喘息着，宛如一堆绿色的火炭。无风。树叶却在不停地颤抖，并且从一棵树传到另一棵树。这是树本身的寒颤。在一小片林中空地，在一棵还在茁壮成长的树上，树叶受到冲动的驱使，颤抖得更快，这让它身边的大树惊讶不已。因为大树们的做法完全相反，它们一看到这情形就会停下，静止不动，叶片下垂，很像杨树。

平原如波涛汹涌的大海，翻滚的波浪吞噬了一切。我们几乎来不及转过身去：农场、村庄、树木，它们统统消失不见了，其他东西从桦树林那边冒了出来，道路逐渐升起。在林荫大道的尽头，蓝色的大山显出身影。我走上前去，这条道路很僻静，这片大地很荒凉，我的脚步声激不起任何回响。鸟儿们安静地照顾着自己。一只狐狸在大白天就叫唤了起来。一群夜莺正和一只猫头鹰飞旋搏斗。一群乌鸦冲上天空，又飞回原地。

今天，有三个人走在我的前面。一个小姑娘，七八岁的模样，脚穿一双凉鞋，格子纹样的橡胶鞋底，很像蜂巢，可能是在集市上买的。她拖着一根树枝，树枝在地上画出的印记把她的脚印抹得一干二净。她从街道的一边走到另一边，朝勒韦斯特镇①走去。我没有再遇到她，想必她很早就出发了。一个男人，穿着一双钉有鞋钉的大皮鞋。他和我同路。还有一匹马，抑或是一头骡子，可能是吧。但我觉得它和那男人完全不同：它也同路，但走在路的这边，男人则走在路的另一边。他们可能就在那里分开了：男人变得孤零零的，在那之前或之后，骡子也变得孤零零的。他们互不认识，男人走过的地方和骡子走过的地方也无相通之处。譬如，在那个地方，那畜生一定是踏足起舞的（这就是让我觉得它是一头骡子的原因，它一定很害怕这棵突然从桦树林间冒出来的阴森森的冷杉树）。而在同样的地方，那男人却是静静地走着。如果男人与畜生相互认识的话，那他一定会停下脚步，朝它大声说几个有力又让人感觉安慰的原因，他在话里暗示是上帝的真正品质创造了这个动物。其实并非如此。比起畜生因受到惊吓而慌忙躲避，在尘土飞扬中踏足起舞所蕴含的内容显然更加丰富。这是

---

① 全称即"勒韦斯特迪比永镇"。

动作的自由性。刚开始的时候，它感到恐慌，然后它把恐慌玩弄于股掌之中，最后，它在阴森森的大树前自由地舞蹈着。

起先，我透过灌木丛的枝枝丫丫瞧见了荒野。接着，树木在我身后不断远去。突然之间，大地伸出一对硫黄色的翅膀，一直伸向无尽的远方。色彩消失殆尽，甚至不再有空间的概念，任何东西都无法在上面开沟挖洞，只能让它具有细微的差别。天地如同灰烬一般。尽管还有高山，但它已不复存在。万籁俱寂，却如沉重的钟声震耳欲聋。矮小的桦树林消失了，它们一定陷进了高低起伏的大地里。只有枝丫顶端的几片叶子还浮在那里，但过了一会儿，也被大地吞噬了。我独自一人面对这宛如海难一般的威胁。我不是害怕陷入大地的波涛中，因为当我走在高低起伏的道路上，这样的情况随时都会发生，而且我每次都能重新浮上来。我害怕的是突然被迫陷入一个没有参照物的世界里。在那里，万物只有灰色，千篇一律的灰色。那是高原。我已经无法分清这种野生勿忘草究竟是此处我脚下的一株嫩芽，还是远方天际的一棵参天大树。我需要在尘埃中寻觅那个男人的脚印。相反，小姑娘的足迹帮不了我。今天早晨，一个小姑娘从容地和这些零碎的景象交上了朋友，我们无法期待从中得到什么。但是，男人的脚印就在那里，可能是昨天他用自己的鞋子踩出来的清晰印记，上面的一半鞋钉还崭新依旧。这些脚印依旧径直向前，当我们似乎已经太过靠前，所有希望也已经落在后面：这些在大地深处沉没的桦树林。它们一度失去了听觉和视觉的快感所带来的荣耀。大地已经上升至此，在大地翅膀的大幅倾斜中，在大地翅膀的巨大弯曲中，只剩下统一的灰色。行进已经

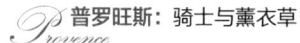

没有意义。我们似乎已经到达，但那里其实一无所有。步伐不是移动，而是跨越静止。它不再是我的力量，而是我脆弱的见证。但走在我前面的男人，他在这片没有未来的大地上不断超越自我。他可能从未被在此弥漫的恐惧吓倒。现在，他已经到了彼岸。

我不禁在想，自己在那儿的所见，究竟是山丘状的农场，还是农场状的山丘。野蛮，既与它毫不相干，又与它紧密结合。这团灰色——与其他灰色并无二致，而且我不想知道它究竟是体积庞大、距离遥远，还是在我面前百米之遥的地方——具体的形态体现了宇宙的侵蚀。我必须看到，大地无法转动，除非它不停地思考这件事。那就是一座农场。我靠上前去，不再有任何疑问。我看到一扇又小又窄的窗户，仿佛是开凿出来的射击孔，上面没有百叶窗。它突然开在一面没有粉刷过的墙上，上面满是难以穿透的阴影。那周围没有农业耕种。经过风吹日晒，大地变成了棕褐色，触到了墙根，上面有灰色的草、灰色的石块和灰色的花朵，没有水泥也没有砂浆，只是用灰色的泥浆略微固定了一下。这是坚不可摧的堡垒。它不是为了抵御野兽的袭击或用于人类之间的战斗而建，也不是为了抵御神秘力量的攻击而建。它是对抗人类最大敌人的武装堡垒。在这片荒漠里，以前并没有相互欺骗的手段，也没有多个对手，面临的对手只有一个，那就是人类的境遇。这些粗糙的石块，仅用一点泥浆糊在一起，风一吹便干燥风化，但必须用它们来一下子确立与神的分界。这是所向无敌的贫瘠。我沿着这堵散发着山羊和绵羊气味的围墙走着。墙根密封的材料不像粉刷成的，倒像是面包皮。

我的路往偏西方向行进。我经过一处门廊。朴实无华的石料把它砌成跨度较长的拱门，很高，似乎是为了方便装满干草的双轮大马车通过。目之所及，只瞧见比灯心草更坚硬冷酷的灰草。万籁俱寂。庭院深处的宅门紧紧闭上，似乎它们一直就是这么关着的。门板受到阳光的暴晒，上面的木板和巨大的门钉被晒得发白，折射出盐晶一样的光泽。我停下脚步。在灼热墙壁反射出的糖浆般的空气对流中，我看到寂静在升腾。我听到一串干脆的脚步声。庭院深处，一只孔雀拖着尾巴踱着方步，几乎走到了充满虚空的窗棂前。它看着我。它胸膛上的蓝色如此强烈，只消看上一眼，我便发现它周围所有的墙壁都消失了。这个地方是装进了多少神奇的草料啊！我觉得宅门太大了，它现在有整个世界那么大。鸟儿闭上了眼睛。我不知道它是否在微微颤抖，我更愿意相信它是静止不动的，更愿意相信自己的所见只是在强化贫乏的光彩。它展开了翅膀。除了我，这里没有任何人。比起粗糙的石块，闭上眼睛的鸟儿更让人喘不过气来。这或许是残酷而美妙的一堂课。在这堂课里，世界让自由的人们受益匪浅。

我错了：骡子和穿着钉鞋的人是相互认识的。我追上了他们。他们停在那里，靠在一起，他们驻足停留的地方只有灰尘。我从远处看到他们，骡子正在地上打滚，地面因此泛起阵阵尘土。男人则刚刚放下两只大帆布包。当我走到他身边时，他正在打开帆布包，从里面倒出一堆大麦，此处便有了一股极其特殊的味道。骡子不再在地上打滚。它消停了一会儿，四脚朝天，打了个响鼻，然后站了起来。它浑身沾满了白色的石膏粉，低头缓缓走着。天空很圆，不是因为它的形状，而是因为高山与

平原没有明显的形状，这两者最后汇聚在一个巨大的豁口上。这味道让人感到惊讶也让人觉得熟悉，但一时半会儿却说不上名字来，而且它散布的范围实在太大了。突然，我知道该如何称呼这气味了：是枯死的麦子的味道。我环顾四周，除了这堆大麦，什么也没有。我之所以说枯死的麦子，是因为这不是麦田的味道，不是沉甸甸地垂到脚上的麦子的味道，这种麦子在成熟后，甚至是熟透后还长在地上，带有充满生机的种子的味道，是作物繁殖必然带有的味道。我闻到的味道是作物死亡后的霉味，在那个地方，种子要经过人工处理，其归宿就是为了人类的繁衍。麦田的气味是纯粹的物质的味道（我想说它具有一种非人类的心灵）。空地上的气味是心灵的气味，还混有人类的心灵。这是历史上最古老的物质转化，是第一次转化，向来如此。其他转化都是因它而来，并且将一直如此。这味道很纯正，它让精神的初次表达有了清晰明了的维度，以至于它为这些地方塑造了绝对永恒的史前灵魂。

　　脚穿钉鞋的男人，他的故事要晚些。如果他嘴里发出的咔嗒声可以被称为驯服的话，他也可以驯服骡子。在倒大麦的时候，他就用这些声音管住了骡子。骡子依然不看头顶灰蒙蒙的天空，把头埋得很低，内心活动却异常丰富。突然，它兴奋得摇头晃脑，尔后又恢复平静，继续缓缓前进。生活在上普罗旺斯的男人话都不多，他们的内心戏却很多。这样奇特的气味不可能来自这一小堆大麦。当我环顾四周时，这气味无处不在。这地方异常平坦，没有一处隆起，也没有一块石头，只有四五个大理石碾子，这里一个，那里一个，像惨白的骨头，撒满了整片大地。我说我来自勒韦斯特镇。男人回应道，他必须早晨起来。我问道，那起来后该干吗呢？他掀开帆布包，从里面拿出一只簸箕说道："就干这个。"我故意围着它转了一圈，使劲用鼻子闻了闻。闻起来像麦子。这里是空地。他用自己短小的手指着整片大地，手里紧紧抓着簸箕。这是去年的种子，这一点很明显，因为当时是六月份。他没有回我的话，而是蹲下身去，朝骡子发出唾吧唾吧的声音。骡子需要这种声音，因为它在一排带刺的蓟属植物前停了下来，深陷恐惧，如同看到了阿喀琉斯率领的军队。

在一部清晰明了的小说里，即便是最神秘的小说，尤其是最神秘的小说，它不仅阐释自己，还阐释其他所有事情。在旅途生活中，最简单的事情依然很神秘。当你到达大地上的任意一点，矿物、植物、动物和人类早已在你到达之前展开行动，这些行动会在你离开之后继续进行。而且对于这些行动，你既看不到起点，也看不到终点。我不是从历史学的角度来谈论，我谈论的就是日常生活，它才是真正的历史。路过的时候，你看到这个苹果挂在枝头，对你而言，这苹果就在那里。当你绕路时，它便悄无声息地落在草地上，继续着某种地下生活，但你仍然觉得它就在那里。甚至可以说，如果它之前是红艳艳、沉甸甸地挂在枝头，顶上是蔚蓝的天空，苹果的鲜艳甚至把天空映衬成了深蓝色，现在它则消失得无影无踪，整个和谐都被改变了。它正在变成其他的东西，它们对于乡土的面貌来说也同样重要，但你对此并不了解。

还有栗树花，它们依据时间或风向，像孩子的黄色绒毛手套一样垂荡下来，抑或是像满天繁星般闪烁不停；还有进城的农民，他会用异样而愤懑的眼神盯着你，然后消失在你的视线中；还有别人会跟你说的两三句话，但本质在别处。下一次别人会突然对你说起本质，但乡土真正的基调也就是两三句无关紧要的话。一个男人拎着一个包，他的包以及他缓慢的步伐加深了你对他的所有印象。要知道，你身上所有的东西也与他有关，无论是多细微的事，但肯定全部有关：远处山丘的山脊，黏稠热浪的迁移，飞虫的歌声以及整段的路途。当他向你告辞，踏上回自己农场的归途时，他会放下自己的包。一个面目一新的男人会去砍芦苇、割青草，会在农田里一动不动地待着，会和自己的马儿说说话，而他周围的一切，也会立刻建立起崭新的秩序。但是，不光有他，不光有人类和村庄，还有其他的一切。鸟儿，地上和天上的野兽，甚至是声音、色彩以及无知觉事物的运动：水、风、云影、雨、暴风雨前地平线的变化以及葡萄叶摇曳的平原突陷阴暗，还有你的旅途，它正在穿越这些永恒的变换。没有什么可以容忍一出戏剧，所有的一切都是戏剧。没有必要去了解行进中的伐木工人正在干些什么，他们把斧头扛在肩上，走在穿越栎树林的上坡路上；没有必要去了解针线商人来自何方，他们把针线放在小木盒里；也没有必要去了解这个瘦弱的女人为何在路边等着，脸上流露出极其激动的表情，但表情流露的速度比石头还慢。同理，也没有必要知道教堂门厅或凯旋门建于何时，在这个凯旋门下，麦田随风起伏，宛如波浪。没有历史，一切都无需解释，时间只在手表的齿轮中流逝。

我不明白这个男人为何来到这里，在平坦的地上倒出两堆陈麦。他个子不高，但长得虎背熊腰。他穿着棕色的灯心绒裤子和马甲，马甲的扣子全部解开了。他把自己的衬衫袖子撩了起来，一直撩到胳膊肘处。他面色土黄，汗毛则是黄灿灿的，是阳光的颜色，甚至比阳光的颜色还亮。他的胡子凸显了他的嘴唇，嘴巴干涩紧闭，嘴唇很薄，上面布满了裂纹。眉毛的颜色有点深，或者它们之所以显得颜色深，可能是因为有深凹而清澈的明眸的映衬。他的目光很专注，简单干脆，不拖泥带水。他戴着一顶黑毡帽，里面的脑袋想必圆得像球一样。他说话时就像一个议员，每个词都是经过复杂的内心活动后费劲扯出来的，然后一下子就把别人想说的话都说完了。他做事也像一个议员，他把胖乎乎的大手猛地拍在东西上，握紧，悄无声息地乱搞一番，然后举起双手，事情就做完了。

我站在这里，身处普罗旺斯的最高处。在这片最高的大地上，人们从未压榨过种子。在这片最高的大地上，人们从未让谷物充满人性。这片区域是由十户人家规划建造的（所谓建造，就是让马儿跳舞来平整土地）。十户人家还在使用这片土地。这十户人家，自从土地规划以来，靠着近二十位祖父一代代的辛苦劳作，沧海终变桑田。与此同时，勇气从祖母们那里一代代地传到她们的女儿身上。这十户人家，自从同样长有金黄色汗毛的男人聚在最高处一起平整土地以来，一切都变得不一样了。但是，这十户人家一直都在。

农场都在这附近，四周都是斜坡，饱受四面来风，与寂静无声的谷仓很像，刚才那只孔雀便在门廊下睡着了。这些农场里也有饲养孔雀的棚

子。看着它们迈着笨重的步伐，看着它们在寒风凛冽的晚上，在沉默的爆发中展现自己的风采，这似乎是一件让他们引以为乐的事情。让工作无法进行的，并不是劳累困顿，而是阴沉沉的天空。在这里，尽管需要静止不动，但依然能饱含生机。解决问题的方式显然在男人的态度里，要让华贵的鸟儿飞进他们圣方济各会式的生活里。除了这里，其他地方的孔雀养殖棚我一个都不认识。在蔬菜种植园式的农场里并没有孔雀。不过，大概与母鸡相比，孔雀的性价比相当不错。孔雀体形硕大，肉也美味。它脂肪的味道会让方圆几公里的人都口水直流。在公路交织的地方，一辆辆卡车将不少鸟儿运往城里。但实际并非如此。这与精神上的原因有关。在这些远离交通要道的农场里，有时会有十五至二十只羊的羊群。在这个地方，什么也卖不掉，只有一帮眼眸碧蓝、眼神干涩的人过着穷苦的生活。他们看着身边神奇的鸟儿如何生活。有时，他们也要吃上几只，然后把它们的羽毛烧掉。这种无望的献祭也存在于男人的态度里。

高地正在迷失方向。普罗旺斯此处的暴力将邻乡人和旅行队推到了一边。它还保持着史前的纯粹，而暴力则会把它骤然推向崭新的道路。人们从来不是来看这样的普罗旺斯的。这就是为何暴力会赤裸裸地在周围流淌的原因。向南望去，我看到下方是圣博姆高原的蓝色岩崖，以及圣维克多山宛如灰色帆布的岩缝。往东，在我不远处，旺图山依然是虚无缥缈的，但有阵阵急风从它沉重的山影中吹出。北边是圣朱利安岩峰，这些巴洛尼和尼永斯的朴素山脉。东边，是普罗旺斯-阿尔卑斯山脉，宛如崭新的军舰方阵，上面耀眼的冰川就是它们的船帆，不断被永恒之风吹拂着。

在此处毫无干扰的宁静与纯粹之中，我们能够听到真正的历史的浩荡之声。在这片乡土最高的中央石基上，对贫穷泰然处之的高尚品质依然清晰可见。过去，任何事情都不容易。现在，一切都已完成。来自十户人家的十个男人把小麦拖到这里，接着让马儿用马蹄踩踏脱粒，随后他们在风中用簸箕扬麦，在石器中研磨种子。他们改变了作物的意义，把作物的果实制成自己的食物。自那以后，在这个最高、最纯粹的墓地，便只剩下心灵的气息。从那天起，一切都清晰了然，他们没有添加任何东西。他们不是先爬山后下山的人。他们一直待在高处。高处要求简洁，他们很容易就把其转变成了他们的习惯并因此变得自在。他们明白，自己什么也添加不了，自己已经拥有了最重要的东西。他们作为人类的尊严有了保障。只要有尊严地生活，便能面对和平受到威胁的未来。也许，他们从未受到任何诱惑。人类并不喜欢在温柔的土地上扎根，但是在最坚硬的岩石上，人类却拥有永恒的根基。

　　那男人在簸扬大麦。他转过身去，免得糠秕朝我飘来。清风渐起，把这些糠秕吹进了万丈阳光里。他的动作很沉重。维吉尔是位非常现代化的诗人。荷马像是昨天过世的。可能只有第一次走出自己方舟的挪亚，才会像这个男人一般沉重有力地簸扬大麦。他喜欢我的沉默。有很多次，就在他装麦子的时候，他盯着我看。我看到他嘴唇动了动，好像要和我说些什么。但他还是埋头继续干活。不过，他正沉浸在自己的世界里。我注意到他正在倾听在其他人看来不会发声的东西。他的灵魂就是神圣的斗兽者，云雀在与之交谈。八哥、沉闷的乌鸦被大风吹得剧烈摇摆，它们被吹进深邃的风云变幻之中。它们猛力拍打翅膀挣脱出来，发出一声惊叫。他经常看到鼬鼠，头颈处油光锃亮，上面的脑袋灵活多动。他确实有些事情需要向它解释，解释他自己的鸟儿，他想把它们照顾得好好的。这是他个人的乐趣。明白无疑。罪恶尤其是种障碍。在他内心炽热的石墙上，有喉部脆弱的蜥蜴在取暖，还有蛇把自己隐藏在他的血液里，小脑袋的眼里冒出的凶残只是至高无上的智慧。他引以为豪的贫困让他可以摆出教训一切的姿态。

最终，他和我说起话来。与此同时，他向我打听此行路途上的消息，以及所有其他路途上的消息。他借此向我谈起蓝天，谈起纯净且人人必需的阳光，他期待着自己作为斗兽者能够向我展示动物伟大的天资。起风了，寒冷而优雅，这让周围环境中的纯净和孤独多了份锐利感。他激起了远方山谷的喧嚣。从死去麦子的气味中，飘来一阵美妙人性的气息。这气息来自乡野的大山，那里的人们过着恬静的生活。"我最喜欢的香味，"这男人最后和我说道，"是葡萄园的味道。"

从这里开始，道路变成了下坡路。起先，这路在莱赛雷山口和枫特博山口断过两次。突然，在乌韦兹河谷上方，它变成悬空的环形路，在尘土飞扬中变得九曲回肠。接着它来到了乌韦兹河，被前面阴郁、寒冷而又异常安静的河流挡住了去路。它不时地用一只忽闪忽闪的，可能还让人喜爱的绿眼睛睥睨一切。但它很快就把自己灰色的脑袋隐藏起来。沿着岩层河床，在晒得奄奄一息的芦苇旁，生长着柳树和奇妙的杨树，它们让自己享受着水源的恩泽。在河谷的两边，一个个小橄榄园层叠而上。它们上下之间依靠用石头垒起的围墙支撑着。红门兰像军人一样骄傲，从墙缝中钻了出来，长出一簇直挺挺的花朵，像红酒一样鲜艳。橄榄树还很娇小，但已经被阳光晒得精疲力竭，只剩下少得可怜的树叶，上面的叶脉清晰可见。这些树成不了树荫，颇像某种神圣的唾沫泡一样。它们被照料得很好，也很干净。它们静静地待着，悄无声息。有时会听到铁锹在高地上歌唱，在每一层都是"田产"的梯田上歌唱。这些精神上的树不超过十棵，它们能平息一个人整个生命旅途中的欲望。像这样的人，我们偶尔会在周围的小路上遇到，抑或是在与山谷的每个分岔相交的大路上遇到。与此同时，左右两边的溪流就捎着两三句水的密语流入乌韦兹河，然后一起寂静无声地伴随着白杨树的颤动继续在河谷中奔流不息。

这些农民来自村庄附近的小山谷，从大地的裂缝中可以看到这些村庄。那里冒出一片完全纯净的赭石色，周边镶着绿色的草地，偶尔还有一两棵松树，斜长在黄色的热土上。对于那些很容易知足的人，村庄就是他们所需要的一切。每个方向的道路都在噼啪作响，仿佛是穿越闪烁着苔草光泽的宽广草原时发出的扬鞭声。这些道路从各个方向延伸出去，宛如正在争夺高地的群马，它们的背脊摆动起伏。或从乌韦兹河的另一边驶向左边，穿越橡树林奔向村庄；或驶向右边，每次都露出脊背，一步一步地奔向隐修院或还愿小教堂，其正门上面还残存着雅典娜盾牌的痕迹，有人在胳膊曲线处重新绘上一位光环环绕的孩子，智慧女神便因此可以一边抱着他，一边以一种奇怪的眼神盯着他，流露出地中海的冷酷之情；或奔向广阔蓝天下的高地村庄。

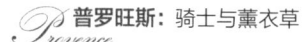

普罗旺斯：骑士与薰衣草

过了乌韦兹河，道路被丰收的庄稼挤得变窄了。它已经与其他道路相交，其交叉处散发着炎热的尘埃和荒凉。但是它又靠着乡野大山的腹地蜿蜒而上，果断地奔向北方，来到另一片乡土。那里有充满高贵气质的村庄，村里有古老的铁器店，有雕花门廊，有城堡墙垛。它们伴随着葡萄植株噼噼啪啪的响声，一齐拜倒在这条道路的脚下。几个男人戴着帽檐宽大的黑色毡帽，缓缓走在这片经过精心耕种并且干净整洁的美好大地上。道路成了女王。西北方向，沿途的乡野丘陵连绵不绝，一直与这条道路相伴相随。现在这些丘陵变成了瘦削的岩壁和山脊，它们饱受雨水侵蚀，上面偶尔还有一处不起眼的小橄榄园，或一片垂在斜坡上的麦田。方方正正的绿色麦田让丘陵上的其他色彩显得桀骜不驯。大地所有的美好都被冲刷过并在道路经过的地方被赶走了。那里的果园长得非常茂盛。橄榄树林变幻成宁静而又深沉的巨大寺庙。葡萄树完全扭曲的黑色臂膀入侵了一片又一片田地。在最僻静的大地上，硬如毛毡的草地上生长着扁桃树林，经受着太阳的炙烤。还有小蓟和百里香，在树荫下，它们蓝黄色和鲜红色的花朵交织在一起。

村庄一个接一个地向道路扑过来。它们需要道路，它们养护着道路，它们就在道路边上生活，就在道路边上入睡。它们对道路不离不弃，会和家宅一起陪伴道路一段时间。当道路穿越农田渐渐远去时，有时会有农场靠上前去，带有领主标记的圆门会把道路两旁的树木分开，在路边轻轻吹起田园之风。道路的姿态因而变得更加挺直。这份敬仰几乎不会离开它，看样子，它想心怀感激地管理公务。它笔直地从一地跨越到另一地，动作有点粗暴，但效果立竿见影。在原始峡谷或山丘沟壑上，上面有时会长着一排排非常瘦小的橄榄树，透过它们可以看到如长绸般光滑的瀑布，或是正在窥视一切的锯齿状塔楼。所有这些原始峡谷和山丘沟壑，都不再与道路有过多交集。

但是，道路上却走着一排晒得黝黑的农村妇女，每个人都头顶包裹，平衡有度，颇有印度风。她们的肚子上都套着一条硕大的圆裙，随风起伏，宛如海上的波涛。男的则要出门很长时间，身背皮质猎袋，里面装满了干奶酪、硬面包和蜂蜜。敞篷大车运来了身穿节日盛装的农场女主人，她们搽脂抹粉，体形笨重，胸脯像横着的"8"，颈上挂着项链。她们有时也自己开车，胖乎乎的手上戴着的一两枚戒指，深深嵌进了肥大的手指里。男主人们则驾着双轮马车超过了所有人。马车颠簸不停，轮子吱呀作响，由体形细长的马儿拉着。马儿尽情驰骋，马蹄几乎抵及腹部。小牧羊人大声叫喊，他们要抱住近二十只沉睡中的绵羊薅羊毛。突然，绵羊从睡梦中醒来，拼命挣脱，到处奔跑，和吠叫不停的牧羊犬"追逐嬉戏"。身上沾到铜锈的男人离开了葡萄种植园，走上公路，用力蹭掉沾在鞋上的大泥块。成群的佃工正准备离开，他们双手插在口袋里，肩上的背包非常小，里面却装了一架硕大的手风琴。丘陵间发出隆隆的雷声，回声激起巨大的气浪。树木们都沉默不语。厚厚的乌云裹挟着雨滴，向山峰倾斜而来，吞噬了山坡上的农田和低处的田地。狂风拍打着树木。突然间，暴雨骤起，白花花的一片。大地烟雨升腾。妇女们在梧桐树下避雨。佃工们奔跑着，手风琴发出呜呜的叫声。双轮马车在如注的雨水中急驰着。敞篷大

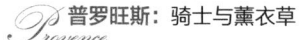
普罗旺斯：骑士与薰衣草

车摇摇晃晃地在土路上前进，开进了一个农场的门廊里躲雨。溪流不断发出长长的音调，越来越圆润，越来越饱满，越来越深沉。

不过，乌云逐渐消散，阳光又展露身影。大风正在减弱。一颗硕大的雨滴滴在一片树叶上。溪流在和身边的小草轻声细语。暴风雨驱散了云烟，它在远方原野上的倒影也随之消散。农妇们又排成印度式的长队，肚子上的裙子也逐渐随风摇摆起来。佣工擦干了手风琴，它发出如小猪轻声埋怨般的声音。敞篷大车从避雨处开了出来，在土路上颤颤巍巍地开了一小段后又开上了道路，加了点速便超过了所有人。同时，农场女主人用自己肥大的双手擦了擦粗壮脖颈上的绸缎。在这里，道路分享着富有人性的生活。但是，它在其他方面依然表露出许多野蛮状态。晚上，野猪会来到路上，用鼻子嗅嗅残留的气味。狐狸悄悄过来，在新鲜的马粪上打个滚。晌午时分，高山雄鹰悄无声息地飞到巨大的白色遗迹上方，缓缓悬停在上面，仿佛是受到某种磁力的影响。在这些地方，房屋、村庄、农场往往与道路颇有距离。进入黄杨树栖息的岩石地带后，道路便突然扭曲起来。蝰蛇趴在平坦的石头上取暖。体形巨大的绿蜥蜴连爬带跳地穿越马路，神情兴奋却又从容不迫。突然，一份炙热的宁静让所有人类的声音都消失殆尽，只有法国梧桐的树枝上还有从高处飞来的野蜂在嗡嗡作响。

但是，道路每次都会偷偷折向南方。在最美好的季节里，那里会升腾起黄色的薄雾，朦朦胧胧之中，一排排笔直的银白色白杨若隐若现。每当雾气升起，广袤的绿色大地便会显露，随即又湮没在下沉的雾气之中。

许多花园在热浪中喘着粗气。道路似乎没有远离那些缀有古老领主冠冕的村庄。它们一直都在,流露出有点古旧的贵族气息,但乡野中的大山已经在它们身后跪倒。雄鹰再也不来了。成群的云雀从小树林中冲上天空。蓟花很大,但叶子有点蔫儿。每天晚上,水獭从溪流里钻上来,然后在路边不停哼哼,不断呻吟。

这条道路正在远行,正沿着一条宛如跳板的长长的斜坡缓缓上升。然后在高处,它猛然间下沉。这片乡土让它颠簸起伏,为它呈现了壮美的绿色景致。一排排白杨树一边鱼贯而立,一边摇曳着银白色的叶子。柏树从薄雾中挣脱出来。粗壮的小榆树组成了通往深宅大院的道路。厚重的栎树被沉甸甸的花蜜压弯了腰。麦田大如漫无边际的湖泊,在桦树林的环绕中跌入了梦乡。法国梧桐摩肩接踵,树干如强壮的胸膛,从未修剪过的树枝高耸入云,一直触碰到羊毛般神奇的云影。梧桐带来了涓涓细流,溅起的水沫如珍珠般洁白无瑕。池塘里的汩汩泉水在光泽闪耀中不断流出,宛如白发。与此同时,在树脂的反光中,响起蟾蜍的爱慕之歌。洋槐被人的脚步踩踏后,挤压出阵阵芳香。溪流在一堆堆接骨木流出的油脂中变得歪歪扭扭。溪流边上,正是奥菲莉亚驻足停留的地方,她的身边遍布高山钟花,蓝色的花冠随风摇摆,絮状的苔草展现出它们雪白的花朵,仿佛白鼬的毛皮一般。

随着热浪升腾、风暴降临,树林的身影也渐渐融进越来越异乎寻常的远方。牧场如同无边无际的海洋,布满了各种黄色和蓝色。它把泡沫般的勿

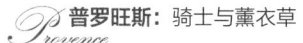

忘草吹到树干上。在椴树林的最远处，有花楸树树墙，有栗树林荫道，有芦苇堤岸，有枫树围环，有古代森林里威武神气的橡树，还有错综交织的柏树林，其树冠比天空要阴沉多了，阳光没有照亮它，而是覆盖其上。在永远沉淀着的厚重空气的深处，有些灰色的树影像绒毛一般在晃动，它们在这些看不见的彼岸世界里，举办着植物世界里的盛宴，尽情放纵。

平整的城市，像死气沉沉的勋章，它们墙上的题铭和层层叠叠的檐壁越过了燕麦田。道路纵横交错，这让它显得更加拥挤。绿草爬上了道路，让道路显得杂乱无章。要经过这些道路，必须踏过野生的禾本植物，绕过神秘的小树林。这些道路通向宁静祥和的房屋，门庭宽阔，屋檐高大，其间缀满盛开的玫瑰，还有夜莺在轻声歌唱。通往会客室的砖砌台阶上挤出了几株尖尖的小草。在会客室里，在阴影深处，逐渐显露出肖像画上的双层大法官帽，或一个轻骑兵的金铆钉扁皮袋。宽敞的走廊里和楼梯回廊里弥漫着一种柔和，还有巨大的玻璃窗，上面的铸铁窗框上爬满了植物。旧书皮革的气味扑面而来，这是智慧的气息，温度也随之升高。我们可以听见虫子在啃噬木板。厅堂如此宽敞，以至于墙壁都迷失在夜色中了。绿色的床幔纱帘，石榴色的棱纹平布沙发椅，上面洒满了灯光。小方格窗高高在上，透过窗户，我们看到树木在沉睡，看到雨水行走在各色绿色植物上，静谧无边无际。

在那里，道路正在行进着，通过人行道从一条大道穿越到另一条大道。在这片生机勃勃的"香榭丽舍田园"①上，深沉的林荫大道给人带来笔直的景象。这是属于道路和植物的巨大沼泽地，它们愉快地融合在一起，彼此再不分离。灌溉的溪流咏唱着安宁，果树则用自己粗大松软的枝条拍打着肥沃的大地上作为回应，宛如琴弦一般。随着道路越来越深入这份青绿色的未来，它身后的过去也消散在蜿蜒小道之中。这些小道穿越小树林，数也数不尽。剩下的只有树木、小草、水，只有金碧辉煌而又宁静安详的环形城墙，只有透过枝头瞧见的僻静家宅的宽阔门面，只有一条接一条的林荫大道。

有时，在乳白色的林中空地上，一匹没有任何配饰的红色骏马，在花丛中飞蹄而过。道路在平整柔软的地面上延伸着，地下岩层滑动频繁。这片无边无际的大地承载着柔软的河泥，意味着这里有条巨大的河流。在某些万籁俱寂的时刻，当小榆树不再有枝丫折断时，飘扬的柏树飞絮，高山牧场柔软的草浪，还有鸟儿，它们都一言不发。大地上的一头公牛发出哞哞的叫声，从远方的地平线上升腾而起。但是，极尽所有的想象力，从各个方面来看，它所具有的形式就是树木王国的辽阔疆域。只有一种神秘的逻辑可以保证，这种植物的安宁只有拜倒在神奇的水域边才会停止。

光从东方来，虽然难以感知，却控制着四面八方。现在，经过所有的分岔，道路从自己的每个侧面以及出口的尽头露出了更矮的树木，它们

---

① 此处指阿利斯康墓地，位于阿尔勒旧城外，是世界最著名的古代墓地之一。阿利斯康（Alyscamps）是由普罗旺斯语音译而来的，法语翻译为"香榭丽舍"（Champs Élysées）。

普罗旺斯：骑士与薰衣草

要么是移植过的原始橡树，要么是述说远方山脉的孤独的树。有辆车静悄悄地给它迎面送去奇特的植物。越过阳光中炭黑色的尘埃，蔚蓝的天空被撕扯开一道明晃晃的裂口。一股巨大的气息在天际循环。

在开阔的地平线上，冒出一堆古怪的现代小城市，宛如嘎吱作响、各处都失去了弹性的弹簧。路边，被砍断的白杨树散发出怀乡般的蘑菇之味，让路人不禁放缓脚步。虞美人花田里，一辆汽车只剩下骨架，锈迹斑斑。市政府下令禁止游牧民在此处停留。小餐馆布置了露天座位，撑起了橙色的条纹伞。所有的街角都有滚球，宛如蜘蛛网一般。一辆火车疾驰而过，不知为何疯狂地鸣着汽笛。法国梧桐被剪到与人齐高的位置。强烈的阳光让手指似乎都粘在了一起，胳膊和大腿也仿佛披上了金色的衣服，只有舌头还勉强可以在嘴巴里活动，宛若在大地洞穴深处蠕动的盲蛇。所有的阴凉处都能闻到茴芹的香气。几位身穿运动衣的自行车骑手正在比赛。伴随他们比赛的还有一只黑色纸狮子，仿佛在不停吹响狩猎的号角。一些出差的职员从火车上下来，他们戴着巨大的假领子，拎着笨重的行李。一份废弃的报纸被风吹来吹去，最后摊在露天咖啡馆的地上。一位药剂师在尿样分析单的背面用普罗旺斯语创作诗歌。一个男的一动不动地坐着，双臂下垂，不停地骂着上帝，一直骂到他祖宗十八代。共和党人聚集了十二个留着双峰胡须的成员，以激进主义为基础构建全人类的未来。一个坐骨神经痛的保皇分子步伐矫健地从工厂门口走过。梧桐树下，一些大腹便便的工人正在讨论秩序在世界末日中的重要性。一些海报尽管观点相左，但它们相继承认，整个国家尽是些流氓。

燕子成群结队地按照回归线迁徙。在一碧如洗的天空中，偶尔飞过一只体形硕大、长着黑色长爪的粉红色鸟儿，它发出一记狂野的叫声，却没人听到。通往巴黎的道路笔直向前，带有巨兽般的骄傲神情，沿途遍布加油站的红色柱子，还有数不清的金属广告牌，上面闪着不同"油"的优点。但是，这样的道路和其他所有道路一样，也有一个缺点。光凭这个缺点，它便会被打败。它很宽，也更长。距这条路二十步远的地方，就是炙热的灰色沙漠。穿过芦苇丛、柳树林、赤杨林和桤木林后，它又变得孤独，变得纯粹。一把铲子插在沙砾石里，边上一头拖着蓝色平板敞篷车的高头大马已然进入梦乡。一片寂静中，只听到公牛沉重的哞哞声。就在这条路上，每踩一步，灰沙上就留下了黑色的印记，上面会突然闪耀水滴的微光，然后消失。

北风渐起，我们还不明白这片大地整体上是倾斜的，但我们知道这风正自上而下地吹来。混浊的水坑隐藏在荆棘丛里，宛如珍珠一般。一个隐形的巨大生物在酷暑中捅出了几个非常凉爽的窟窿来。有人就在这附近晃动着，他的动作拖动着空气。空气中弥漫着野生鱼的气味，仿佛是晃动渔网时散发出来的味道。道路边上不再有陡坡，而是与灰沙融为一体。道路两边杂乱无章地长满了各种各样的植物，包括树木。年轻的冷杉树触碰到了巨大的法国梧桐。山上的草木与平原上的草木、没有色彩的龙胆草幼苗以及各类谷物全部混在了一起。这片大地在述说一种力量，这种力量会把高山挪到平原之上。世间万物都落上了一层沙土。风儿吹得尘土飞扬，宛如漫天飞舞的被单。尘土落在植物的枝叶上，打在沉睡的宽阔水面上，仿佛重重

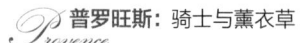

落下的骤雨,然后如闪电一般,突然间让无数银色小鱼的舞蹈戛然而止。大地变得更加柔软。晴空万里。一股愉悦的气息让天空敞开,一直敞开到空中航线的高度。情感丰沛的幸福感照亮了所有空间,让它们展露无遗。

就在附近,响起了哞哞的牛叫声,四面八方都能听到。一只翠鸟停在两簇百里香之间,在静静地倾听。一只田凫领着它四只橙黄色的幼鸟,绕着满是刺柏的小路走着。一只金黄色的鸸鸟正在捉藏在它羽毛里的黑金色虱子。一只野鸭在热沙中徘徊。一只苍鹭正在高声鸣叫,却不见身影。一只胸前有着灰色羽毛的秧鸡边迈步前进,边回头看了看它踩出的脚印,它的嗉囊一鼓一鼓的,长长的喙边上有一条不易发现的线。一只长脚鹬用自己金色的长腿立在那里,张开了蓝色的翅膀,略微弯起膝盖,然后向前飞奔,准备飞向水声隆隆的河流。一个废旧汽车的钢架从干燥的泥巴中冒了出来。一排排赤杨、柳树、桤木和灌木丛如同帏幔一样,层层叠叠,蜿蜒曲折,通向无尽的远方,边上紧挨着灰色的水洼、蓝色的湖泊、黑色的池沼、龟裂的硬泥块,还有长在小块荒漠上的细茎针茅。这些树木遮蔽了眺望天际的视野,人们只能透过落满灰尘的枝叶才能看清道路。道路毫无防备地转了方向,惊得鸟儿和蝴蝶振翅高飞。突然,路上长满了薄荷和马鞭草。牛儿哞哞的叫声似乎就近在咫尺,仿佛一滴唾沫就能让沙地裂开。道路刚好在这里刹住了前进的车轮。

河流就在前方,就在那里。人们透过芦苇丛瞧见了它的身影。它比芦苇丛宽阔,如石墙一般矗立,从几处岛屿间穿流而过,它有一身银光闪闪的肌肉，让人惊羡不已。在芦苇丛的另一端，河流在天地之间扯开了一道奇妙的巨大缝隙，它便孤独地横亘其间。河对岸的景色渐行渐远，稚气的山冈也变得越来越小。河流裸露的胳膊搁在比羊毛还厚的马鞭草上。它的双手挤压着浪花，迸发出五彩斑斓的弧线光芒。

蝴蝶吮吸着河流的肌肤。鸟儿对它充满了炽热的爱慕之情，不停地在河面上飞掠而过，用自己毛茸茸的肚子爱抚着它。一群群野鸭把头低垂在胸口纯洁的羽毛中，昏昏睡去，河水忽高忽低，有时把野鸭沉入水底，有时又将它们高高抛起，它们则趁势展翅高飞。但它们又掉了下来，强壮的胸脯拍打在水面上，蓝绿色的翅膀顿时黯然失色。一群群浅色的鳊鱼从幽暗的岩石缝隙间冒了出来，游到岸边，玫瑰色的尾鳍朝着相反的方向摇摆，晃动着银白色的鱼肚努力挣脱漩涡。它们给幽暗的水底捎去了一丝被捕获的阳光。一团鱼群在水中不停游弋，激起阵阵水花，有兴奋的夜鹰，有硕大的海番鸭，有饮水的八哥、田鸡、黑水鸡、红色骨顶鸡、成群的金色飞虫、滨鹬、贴着海面飞行的燕鸥，还有突然腾空而起的塍鹬，起飞时的声音如同嗞嗞作响的鞭炮引线。金黄色的丁鲅用红色的鱼唇啃咬着岸边晃动的残渣。鲟鱼在阳光中缓缓跃起，然后又落入水中，水花如铁花四溅一般。鲑鱼让原本平静的水面噼啪作响。大比目鱼把黑影拖进了明亮的漩涡中。一大群浪里鲹鱼正与暴风骤雨般飞行的麻鹬斗个不停。成群的亚麻色蝴蝶，仿佛漩涡上方的蓝色火焰，一动不动。跳跃的石斑鱼啃咬着它们，海番鸭的翅膀拍打着它们，切割着它们，搅拌着它们，但它们锯齿状的小翅膀却从未丧失光芒。长长的七鳃鳗用紫色的尾鳍拍打着青灰色漩

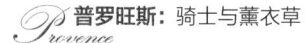
普罗旺斯：骑士与薰衣草

涡中的白色气泡。苍鹭的鸣叫如同小石片在水中逐渐消失的回声。天鹅们半伸着脖子在浪中游弋，不时挥动两只大翅膀，把水中的鱼儿赶得四散逃窜。河流在静静流淌。密密麻麻的蝴蝶在空中漫天飞舞：优红蛱蝶、潘迪蚬蝶、绿豹蛱蝶、黄缘螯蛱蝶，有的如鸟儿一般大小。所有这一切都交融在一起，晶莹闪亮，如同阳光照进玻璃，折射出五彩斑斓的光芒。这是世界的康庄大道。一些怯生生的"游客"聚在一起，向水底游去，在青绿色的水流中释放出一团团"乳液"，那里孕育着令人震颤的生命。

这生命流到了平原上，流到了大山脚下的碎石块间。这生命流到了阡陌纵横的田埂间。这生命拥有宽广的空间，因为它承载着生命的种子。一切都要给它让路。一切都在四处飘散，一切都在尽情盛开。这生命把缀满宫殿的城市紧紧套入它的光环里。这生命穿越了片片荒漠，与苍松翠柏和海市蜃楼间升起的阳光汇聚在一起，共同洒在帝国的大地上。

在这片乡土的远方，建有圆形竞技场的其他城市可以听到难以捕捉的公牛的吼叫。尼姆市随处可见石材，上面的饰纹表现了人类与野兽的悲剧。阳光下，这座城市栖息在一片尘埃之中，地下的力量似乎让这尘埃律动不止，如风展红旗一般。这里，正是隐藏在大山深处的泉水喷涌而出的地方。这泉水参透了宇宙的奥秘，这泉水饱含了自然的魔力和变幻。这泉水与比南北极冰川更纯净的水晶缓缓结合在一起。这泉水沉睡在安静的河床上，在那里，即便是最坚硬的花岗石和最沉重的燧石也因此变得光滑无比，而且比最珍贵的宝石更加让人心生愉悦。这里，正是地下泉水喷涌而出的地方。这是带给世间万物生命的活水，也是带给我们生命的活水。这股活水，缓缓而行，奔流到海。

这股活水把行经之地的所有水流都汇聚于一身。这是充满倒影与死亡的大地。当世界的五彩斑斓被法国南部的海风吹入大海时，大地是灰色的，大海是灰色的，天空是灰色的。横卧在云层下方的空间比高原上的空间来得更为宽广。这一次，神奇的雀鹰用它灰色的羽毛让世界完全窒息了。人类利益的差别和形式完全消失。承载着我们平庸无能的这艘航船，是否可以在不可认知的狂风暴雨中扬帆起航？

普罗旺斯并不存在。喜爱普罗旺斯的人，要么喜欢世间万物，要么什么都不喜欢。

一九三九年

普罗旺斯：骑士与薰衣草

虽然我出生在这个地方……

虽然我出生在这个地方，并在此生活了近六十年，但我对此地依然并不了解。我走遍了它的每个角落——步行、骑马、坐车，却从未能把它的优点和缺点完整地罗列出来。我的首次旅行是在一九一一年，当时母亲正要送我去穆斯捷圣玛丽镇①参加黎明前的朝圣。在此之前，我只见过马诺斯克周围的橄榄园。而这一次则要穿越迪朗斯河，登上瓦朗索勒高原，到蓝色群山的另一边去寻找一座高山上的小教堂。我们在九月某个傍晚的六点出发。一小时后，车夫让所有旅客都下了马车，好让正在高原上爬坡的马儿轻松一点。我听到了冬青栎林沙沙作响的声音。那一刻，我享用着荷马和希腊悲剧的盛宴，盔甲的碰撞声让我兴奋不已。

二十年后的某个深夜，我和我的朋友遭遇了汽车故障，困在路上进退不得，于是我在陌生的环境中又见到了这个高原。我们不能依靠自己的机械知识，也无法依靠别人的任何帮助。到了晚上，这里所有人都闭门不出，即使在小城镇也是如此。你可以随时敲车库的门，敲得越响，居民越

---

① 穆斯捷圣玛丽镇位于上阿尔卑斯省，是法国最美小镇之一，也被称为陶瓷小镇。

是装作听不见。你要走十五公里以上，才能敲开那种打不开的门。我们身上带了香烟，天气晴朗，确实是夏日时节。渐渐地，眼睛习惯了黑暗，我们甚至能看到在离我们不远的杏树园里，在收割后的茬子中间有一大片坚固的农舍。这片高原喜欢神秘，夜色正适合它。

我和朋友都是当地人，我们知道在这种情况下得大声说话。这就是我们正在做的事。没有狗叫声。实际上，当地人从不让狗待在院子里，而是让它们进屋和主人共处一室。狗是善良的动物，但即使在白天，它们也会把对主人的忠诚放在善良之前。它们的眼睛周围全是毛，所以很容易让人觉得它们在睡觉，但其实它们是在透过浓密的毛发观察四周。它们是身材高大、粗壮的狮鹫，当然它们都是杂种狗，每逢春天都会和其他的狗杂交，但从未丧失这种彻底的忠诚。相反，这些狮鹫相貌越是丑陋，表现越是英勇。它们常常紧随阴郁沉闷的男人，常常跟随无法给它们带来任何快乐的患病羊群，却依然保持着自己的美德。它们似乎完全升华到了神圣的境界。

只有在这些荒僻的农场生活过，才能理解这些偏远家庭的精神状况与恐惧。他们没有邻居。在汽车和飞机的时代，这可能显得很奇怪。我有一位朋友在南美洲从事家禽养殖，今年夏天回来后告诉我，那儿的人如果想要串门，就得用现代交通工具开上一百甚至四百公里。而这儿的人是没有文化的拉丁人，他们对神秘的事物很敏感，却没有手段来控制它们。他们彼此之间太过了解，反而对人缺乏信任。走个十公里去见个人，仿佛是去照个镜子，这又有什么意义？他们缺的并不是串门的方法，而是串门的意愿。

普罗旺斯：骑士与薰衣草

　　这段黎明的朝圣之旅是在一九一一年进行的，当时我们趁着夜色从穆斯捷村出发。马车大约在凌晨三点到达。我们每人都拿到了一根树脂火炬，我像其他人一样去圣约翰的大火堆中点燃了它。我跟着人群，踏着石梯缓缓攀爬。

　　两个小时前，我们在里耶兹镇的一家客栈停了下来。客栈厅堂里全是从高原上来的农民。他们一声不吭，一边抽着烟斗一边喝着闷酒。几位身穿黑衣的女子陪着他们。这几位女子也沉默着，她们一动不动，对身边的男男女女甚至周围的环境，一概视若无睹。在这里没有看到孩子，他们被留在坚固的农场里当看护。长子得坐在一楼的厅堂里，猎枪放在膝盖上，狗趴在他脚下。他的弟弟妹妹们则藏在二楼的床上，躲在被子里。

　　在我人生中的不同时期，我曾在这些孤独的农场里居住过几个月。在阿尔比恩高原，在旺图山附近，也有同样的农场。当你沿着7号国道，经过奥朗日时，你会在左边看到一条长长的蓝线，就在马洛塞讷镇的城垛旁，它东边的天际线与阿尔卑斯山相连。那就是阿尔比恩高原，漫山遍野都是白橡树林。在面向（远处）罗讷河谷的山坡上，便是索村。穿过高原，迪朗斯河在锡斯特龙和米拉博之间流淌。在面向迪朗斯河谷的山坡上，有一个叫巴农的村庄。存在于两者之间的，只有僻静。在五十多公里的范围内，只有一个八百人的村庄：勒韦斯特村。这个村庄只展示风俗，那里没有社区。村民躲在墙后，从通道进入房屋。在这个高原上，有一个农场，它的名字叫"寂静庄"。

离开寂静庄去树林里散步时，如果看到我没有带着步枪，大家便会面露惊讶之情。不是因为危险——况且危险并不存在——而是为了"风度"。如果有人看见你拿着步枪，他就会想："这个人在打猎。"一切都不言而喻。如果你双手插在口袋里走来走去，那他们就会产生一系列疑问："你在干吗？你是谁？你的口袋里有什么？"

最终，我只得拿一把蹩脚的步枪，当作我的通行证。不要把独居者的生活复杂化。这根绳子已经绷紧，再拉就要断开了。激情处于最纯粹的状态，譬如骄傲。一些独居者是百万富翁。一般来说，金钱很难触动他们。他们可以赚钱，也可以赔钱，喜怒不形于色。但是羊群和土地就是另外一回事了。他们能够在半夜起床，修整歪歪扭扭的沟渠。然而，夜晚是神圣的，人人都闭门不出。他们经常自己（即和家人一起）开垦五六公顷①的林地。他们所在的红土地产量并不高，但他们对土地本身感到骄傲，对出色的农活感到骄傲，对让人羡慕不已的羊群感到骄傲。吝啬鬼很少，因为孤独的吝啬鬼需要满足自己的精神，他没有什么可以自我表达的了。

一九一四年战争爆发前，在阿尔比恩高原上，与寂静庄直线距离十公里至十二公里的地方，有一处真正的"摩纳哥"。那是一家客栈，没有建在公路边，而是建在雅布隆河谷的上山路上。这条道路穿过高原，在另一侧下行至卡拉翁②河谷。雅布隆河和卡拉翁河是地图上几乎没有标记的

---

① 1公顷等于10000平方米。
② 雅布隆河和卡拉翁河均是迪朗斯河的支流。

普罗旺斯：骑士与薰衣草

小河，但其河床却通向市镇集市。马贩子赶着马群走过高原，他们不走省道，而走马道。经过此路的还有来自寂静庄、勒桑布克村、皮盖特村的农场主，以及他们雇佣的牧羊人、犁夫和樵夫。如今，我们还能看到这家客栈的遗址，一楼的饮品厅还保留着原貌，是个宽敞的拱形大厅，里面有个巨大的壁炉。楼上两层都是客房，已经坍塌了下来。

在客栈还开门迎客的年代，饮品厅俯视整个高原，直直地面向寂静。在这里，这家客栈就是女王。方圆数公里内，没有树木，除了绿草和山风，再没有其他生命了。我从寂静庄出发，打算去亡灵谷那里散散步。当向可以在尘土中找到罗马钱币的维勒塞什走去时，我在东边看到了——仿佛触手可及——那座装满孤独的巨大商场，人们去那里购买帕斯卡[①]认为不可或缺的消遣。我站在维勒塞什的高处向西远眺，目光掠过旺图山，透过远方的蒙蒙雾气，看到罗讷河的粼粼波光和那条著名的7号国道。经这条公路，人们进入普罗旺斯，奔向无比有趣的海洋。

心脏总想跳得更快。地平线让我们为之着迷（《阿瑟·戈登·皮姆历险记》[②]最后几页中出现的"白色的存在"可能就从这里诞生）。这家客栈叫"骑士府"。从年初到年末，一口大锅底下总是薪火不熄，里面一

---

① 布莱瑟·帕斯卡（1623—1662），法国神学家、哲学家、数学家、物理学家、化学家、音乐家、教育家、气象学家。
② 《阿瑟·戈登·皮姆历险记》是美国作家爱伦·坡于1838年出版的长篇小说。故事取材于同时代几位探险家的自述以及爱伦·坡本人的海上航行经历，讲述了不可思议的海上冒险和主人公战胜困难的事迹。

直炖着天底下最好吃的牛肉。锅子从未端下，也从未倒空，他们只是日复一日地把牛肉、家兔肉、野猪肉、野兔肉、红酒、鲜榨橄榄油、培根、百里香、月桂和肉豆蔻倒进锅里。他们把火苗烧旺，用根粗棍不停搅拌。这道美食的香味，方圆数公里都能闻到。用大汤碗盛上三勺，只需花费十八苏①。这是一道独一无二而又实实在在的美食。一九一二年我尝过这道炖牛肉。面包任意吃，酒也随意喝。没有开胃菜，没有奶酪，也没有甜点。进门左边大面包箱上叠放着一摞碗，你从中拿起一只，把手伸进面包篮，跨过长凳，坐在公用桌旁，等着炖锅端上来。无需客套，葡萄酒和酒杯便会直接送到你面前。

吃饭的时候大家都很安静。从卡庞特拉、塞德龙、锡斯特龙、福卡尔基耶、马诺斯克、佩尔蒂来的马贩子都熟悉高原的习俗。夜幕降临前，当地人到了。在一百多平方公里的区域内，没有一个农妇能睡得着。在点燃了煤油灯、蜷缩在床上后，她们却不知道男人们当晚要摧毁什么。马车？羊圈？也可能是一切，以及生命本身。

夜幕降临，他们又等了五到十分钟，防止远道而来的人还在路上。时间一到，"骑士府"就关上大门，游戏开始了。

这个游戏名曰"停止"。它简单、快速、高效。两个人玩两张牌，

---

① 原法国货币，现已不用。1 法郎等于 20 苏。

非常容易上手。在这里，没有组合，也没有科学，只有纯粹的偶然。在场的两个人，手无寸铁，赤手空拳，我们会看到他们在成败之间的行为举止。"会看到"，这是一种说法，因为没人看他们，没有观众。大家都是两两一起玩。这不是"我们会看到"，而是"他们会看到"。他们会亲眼看到自己的能力。总而言之，游戏里没有失败者，因为如果失败者能够坦然面对自己的失败（即英雄主义），那么他也能像胜利者一样拥有强烈的兴奋感。因此，玩游戏一定要玩得大，玩得越大越好，也就是说，一切皆可游戏（如果我们真的想证明自己的力量）。人在空虚中无法逍遥自在地生活。为了安心，每时每刻都要自愿接受实质性的考验。

玩"停止"游戏需要五十三张扑克牌，由五十二张正牌加上一张梅花A。最大的牌是K，其次是Q，以此类推。A可以消除其他所有牌。由于每次都要抽两张牌，所以游戏要走二十六步。还有一张牌，最后一张，由最后一步的赢者抽取。如果抽到的是梅花A，那么整个游戏的输赢都是无效的。如果抽到的不是梅花A，那么不管它是什么牌，它都会取代上一步赢者的牌；如果它小于输家抽到的牌，那输家就会绝地反击成为赢家。两名对手面对面坐着，他们轮流洗牌，每次只能由一个人洗，洗好后就不能碰牌了。到了把东西放在垫子上的时候了。什么？十法郎（即便是在一九一二年），一百法郎还是一万法郎？不，没什么可计算的。数字限制了价值。人需要感受到无限的价值才能有继续存在的理由。于是，玩家把一切都压在了垫子上。

一切。这意味着装满粮食的谷仓，停满马匹的马厩，站满奶牛的牛栏，挤满绵羊的羊圈，家具、橱柜以及放在里面的东西，壁炉上孩子们的小猪存钱罐（曾经被视作中奖的象征），妇女们的工艺篮，还有仍在编织的针织衫。他们身上的衣服，还有妇女儿童们明天要穿的衣服——穿着走过已经不属于他们的田地——只有这些衣服，才不属于赌注之列。

把事情做好，这才是终极的欢愉。他们对打牌的热情，如同他们扛着树脂火炬踏上黎明的朝圣之旅一样。把一切都压在一张牌上，就是相信上帝，迫使上帝参与其中。一位玩家翻开牌组的第一张牌（牌组里的牌不是被选中的，而是按顺序一张张抽出来的），是一张8。另一位玩家翻开下一张，是一张K，那他就赢了。他赢得了第一位玩家所拥有的一切，无论是屋顶还是口袋里的手帕。（这样的情况已经有目共睹。在某些大难临头的夜晚，有人说的一切就是一切，输家的裤子、衬衫、鞋子、手帕都归了赢家。这场面太震撼，大家对此都毫无异议。）但游戏还在继续。输家翻第三张牌，是一张3。赢家翻第四张牌，是一张2，这回轮到他失去了一切。然后对方翻第五张牌，以此类推，直到第二十六个回合。两位玩家每一次都会感受到幸福和不幸的猛烈冲击，自尊心正是通过这样的方式得到满足。煎熬也在持续，他们会尽一切可能让煎熬持续下去，也试图让它变得愈加残酷。他们把一切都扔在了垫子上，这样就把自己扔了上去，把亲人也扔了上去。牌堆在变矮。"停止"是必然的。最后一张牌！我

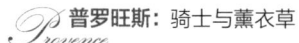
普罗旺斯：骑士与薰衣草

输了！我赢了！这是张奇数次翻的牌①（很少是梅花A）。这一次，"停止"是不可更改的。有时，运气的变换就在转瞬之间。

一切都在沉默中进行。在这里，你要表现出你是一个福祸双全的人，这并非易事。所以，他们正在进行道德之争吗？我说过这个游戏是两个人玩的，这只是表象。实际上它可以有三位玩家：一方是两位玩家，另一方是上帝。

如果你面露惊讶之色（一定是普罗旺斯之外的人才会这样），他们会回答你："不入虎穴，焉得虎子。"这就是为什么冒着风险、（看似）失去了一切的人比我们想象的更富有。自杀和离婚从未有过。只要你有些许属于自己的东西，就能重新回到游戏中。只要大家知道这是你全部的家当，就足够了。游戏的赌注并不对等。一方的赌注是完好的农庄，另一方的赌注则是烟斗和烟袋。重要的是在游戏中一下子压上自己的全部身家。牧羊人压上他的手杖、小狗和斗篷，而坐在他对面的老板则会压上整个农场。

站在7号国道上眺望，眼前是一片高耸入云的大地，地势看上去很平坦。看到奥朗日的凯旋门，人们的内心十分平静。凯旋门是荣耀的通道，抑或是感人的剧场。这些确定性不是普罗旺斯式的，而是罗马式的。在左侧的小拱门上，你会看到一堆盾牌。这差不多就是华丽的演说之后你可以

---

① 因为这个游戏总共使用53张牌，所以最后一张被翻的牌是第53张，是奇数。

带走的东西，能装满你的汽车后备厢。

如果要我给个建议，那就是在天气不好的时候，也就是在还剩五六天光景的刮着西北风的冬季里，在这段时间的第三天或第四天，来看看这个地方。没有什么比这时候的天空更湛蓝的了。如果你渴望蔚蓝，那这就是真正的蔚蓝。它远不是我们想象中的安逸色彩。空气是如此纯净，宛如放大镜一样呈现在你眼前。你可以看到地平线的全部细节。这样的高山，在平时几乎不起眼，但它枝繁叶茂的森林和闪闪发光的村庄屋顶，现在越来越触动你。所有从南方传来的喧嚣都被带走了。天空像大海一样隆隆作响，这种隆隆之声捎走了所有北方的声音。距此地二十公里以外的树林里隐藏着几座钟楼，你可以听到从那里飘来的钟声。哪儿都没有烟，它在烟囱附近就被偷走了、吞掉了。路上空无一人，农场也显得僻静冷清。那个时候，在没有铺设柏油路之前，经常能看到路基。所有的尘埃都在第一天被一扫而空，你仿佛走在被消失的文明踏破的古道上。柏油路并没有改变多少。在我所说的天气里，它有了古老玄武岩的光泽。由于被低温硬化，走在柏油路上时会嘎吱作响，仿佛走在荒屋的走廊上。天气寒冷，没有任何东西可以抵御这样的寒冷，房屋无法抵御（造好的房屋是为了让人在里面瑟瑟发抖。大门关不牢，不断撞击着门框；窗户不停晃动，窗玻璃上的填缝剂已经没了，到处漏风；灰尘、连根拔起的草、干枯的树叶被吹入据称已经堵住缝隙的各个房间），被强风穿透的衣服也无法抵御。

寒冷会让人心生绝望，也会让人产生一种光靠人类经验无法获得的

品质。刺骨的寒风可以让你走得更远，但是超不过清冷的蔚蓝色让你行进的距离。这就是米斯特拉尔的天空。看来，冬日暖阳一定是很欢快的，在皮卡迪、阿尔萨斯、布列塔尼、奥弗涅甚至朗格多克都是如此。周围有足够多的"非太阳"事物（雾、大西洋的云彩、森林的呼吸），让阳光成为快乐的元素。这里的阳光很纯粹。没有资源。毫无差别的蔚蓝色明确表达了资源的匮乏。这种匮乏，无论在地平线上还是在穹苍上，都同样一目了然。这样的原则不应忘记。无论你在哪里，无论你遇到了谁，有一点是确凿无疑的：他绝不是（山羊的）塞甘先生①。他忽略了感性。如果有狼，他就把狼赶走。如果没有狼，而他又想打猎，他就会发明必要的狼。至于山羊，只要没有必要，他就不会伤害它。有的时候确实如此。

以橘树生长的海边为基础，可以想象出一片乐土。若想一年又一年地生活下去，就需要小麦和土豆。它们生长于罗讷河和迪朗斯河的冲积地上。但是，从锡斯特龙到卡德内，迪朗斯河谷最宽处只有四公里，罗讷河谷最宽的地方也只有十五公里。在两河的交汇处，平原上长出了新鲜果蔬和其他珍稀植物。

当你从我家去阿维尼翁，在到达沃奈桑伯爵领地之前，你要在山上开很久，那里有几个微不足道的橄榄园，紧紧地挤在小白橡树林里。没有圣路易的橡木，只有一些灌木。当看到粗如人腿般的树干时，你会大呼奇

---

① 源自都德的短篇小说《塞甘先生的山羊》，讲述一头漂亮的小山羊因不满待在塞甘先生的小花园中，偷逃到附近的小山上，最后被狼吞噬的故事。

妙并把它砍下来。只有到了方丹-德沃克吕兹村，才能找到众多美食。

站在加达涅高地，可以一睹沃奈桑伯爵领地的全貌。这是罗马人与教皇定居和生活过的地方。现在的情况正在发生变化，因为文明的主流在于拼命挣钱。但在很长一段时间里，农民的生活都是古朴恬静的，现在也是如此。这些房产都是量身定做的，所以可以根据房子占地的公顷数来判断家庭的规模。

索尔格河畔利勒镇或卡瓦永市的农民只需透过层层柏叶，便能看到近处的山岳和远方的山峦。教皇宫不是一座光用来休养的宫殿。沃奈桑伯爵领地的老牌庄园宁可要实力，也不要美丽。在这里，你看到的不是宽阔的外墙和众多的窗户，而是坚固的墙壁、射击孔和瞭望塔。

尽管在罗讷河和迪朗斯河交汇的大平原上有许多沃土——现在成了菜园——但普罗旺斯依然是片贫瘠之地。当你从多菲内地区过来，经由锡斯特龙市进入普罗旺斯，经过城堡①和岩石之后，你就会看到阶地文明。河谷十分狭窄，所有的耕地都在山坡上，必须用干燥矮小的石墙进行固定。因此，习惯就产生了，也就是第二天性。

那里不建农场，农民们留在村里或镇上。像马诺斯克这样的小城镇，

---

① 此处指锡斯特龙城堡，建于十四世纪，位于多菲内和普罗旺斯之间的通道上，能俯瞰锡斯特龙市和迪朗斯河。

其实就是农民聚居地。圣母院教堂后面的街道在农场之间交错纵横。每幢房子都有一扇朝向大街的马车门，走进大门就可以进入内院。每家每户的院子里都种着一棵桑树，之后会被砍掉。不过，我却看到它们后来长势茂盛。院子的一边是牲畜棚，里面养着五六只绵羊、一头驴、一两只山羊；另一边是马厩，里面养的马一般叫比丘，公骡一般叫提斯图，也就是巴蒂斯特，母骡则叫科奎特；还有一侧是住宅，它所有的窗户都朝向院子。

走在以让·雅克·卢梭、丹东、马拉特、克雷伯和狄德罗的名字命名的街道上（毫无讽刺之意），人们有种置身犹大山地①或蛮荒地区的感觉。对我来说，当我年轻的时候，我在那里看到了阿尔戈斯②。每天日落时分，牛羊成群结队地从山上下来，在城门口的大喷泉池里喝水，走进杂货商们匆匆摆上绿色蔬菜摊的街道，然后到让·雅克·卢梭、丹东、马拉特、克雷伯和狄德罗家睡觉。拉货的马车排着长长的队伍在山谷中前行。根据季节的不同，车上装着干草、小麦、土豆、卷心菜或西红柿。从那时起，这些小城镇就认为自己长大了。有人告诉它们，巴黎街头没有羊群。一九一四年③的幸存者们听到了"现代化"这个词，他们认定马粪会散发出"有害的瘴气"。十年间，当地人以"瘴气"为由砍伐桑树，然后在这些城市农场的院子里安装泵房。

---

① 犹大山地，位于巴勒斯坦地区中部。
② 阿尔戈斯，希腊城市，位于伯罗奔尼撒半岛的东北，有约5000年的历史。
③ 1914年为《圣经》中预言的上帝降怒之日（即世界末日）。

在八百至一千人的村庄，习俗依然如故，在小村庄自然也是如此。但阶地文明不依靠家庭，而是以独身为基础。若想筹措结婚所需的钱，一定要跨越低矮石墙的阻隔，去往海边。在内陆地区，山坡上的梯田是花园和果园，而非真正的田地。这里不是你寻觅长长田埂的地方，但如果你想找一个能聊得来，并且还能送你无花果的人，那这里就是你的必到之处。尽管他的房子在村子里，但他一般都会在山坡上搭一个棚子，一个避风的小屋，他的大部分时间都在那里度过。有时，他打猎；有时，他不打猎，而是观察飞鸟和风云。他并无把握准确预测天气，但可以套用漂亮的文字和传统戏剧中的手势。他是天气的主人。如果夜色很美，他很可能决定不回"下面"，就待在"上面"，睡在随时准备好的木床上。他喜欢睡午觉，因而被人认为在偷懒。在现实中，他用铲子能开垦多少土地，就开垦多少土地，但"不为其所奴役"。他是一位令人钦佩、充满人性的博学家。他不是上帝的玩偶，他似乎什么都不想。但他建造石墙时，不光考虑石材的坚固，还依据石材的颜色和形状进行选择，并按照这三种品性的比例进行调整。别人批评他，他也批评别人，因而就诞生了统一性。这些工作虽然普通，却做得很好，仿佛是高级昆虫所为。

显然，汽车是一种工具，我们不可能用它来做所有的事情，尤其不可能用它来认识所有的事情。必须走小路才能爬上阶地。一两天后，你就能掌握某些手势的节奏，而这片大地也在你身边徐徐展开。起先，你不太健谈。渐渐地，你明白了只言片语。这就是原则。别人永远不会告诉你事情的原貌。一切都是由搁置问题的人安排的。

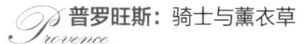
普罗旺斯：骑士与薰衣草

去年秋天，我在这些地方走了很久。在我的面前，是有着沙漠和城堡的上瓦尔地区。总有一天，我要画一张非机动车行驶的道路图，供真正好奇的人使用。每走一步，皆有发现。一个人到了山顶，看到自己被镶嵌在一片风景中，幸福之感油然而生。我一直感到很奇怪，爱好美酒佳肴的人却不爱好纯净的空气。肺部从未有过享受。当你给它享受它所需要的东西时，你就会处于一种无与伦比的愉悦状态。准确来说，这便是生活的乐趣。我极度喜欢醉酒的感觉。在我看来，葡萄酒的醉感是骗人的表象。呼吸这团保存数百年的空气所产生的醉感——以在这片大地上行走的节奏——让我获得了罕见的快感。有趣的是，这些都是你在酒精中或在浮士德的办公室里寻觅到的。通过这些人为的手段，你若受到了一丝震动，就会大呼奇妙。而我所要做的就是在这里呼吸，了解一刻钟前我还不了解的事情。墙上挂着曾经撞破我鼻子的镜子，如今揭示了与最秘密的邻近世界的联系。你之所以觉得自己有与生俱来的才能，那是因为你来自巴黎，因为你刚从学校毕业，因为你有文凭或工程师学位。出于同样的原因，你之所以刻意而虚伪地表现出谦逊、厌世、仁慈、心情复杂或苦闷，那是因为你坐在这位农民身旁。的确，如果我们二十四小时只呼吸他六十年来呼吸的空气，那么我刚才所说的一切都会消失殆尽，只剩下心地善良的酒鬼，还有他的青春与坦诚。

我在一幢房子的露台上做了这些思考，这幢房子位于圣朱利安-勒蒙塔尼的山顶。冬青栎森林紧紧包围着承载村庄的岩体山脚。森林绵延一百多平方公里。从高处眺望，可以看到一条荒芜的道路从中穿过，笔直地奔向青铜高原，这座高原在天际将大地与海洋一分为二。

我之所以选择这处地方，是因为它就像一个观景台，从中可以看到整个上普罗旺斯，而且它涉及一点地理知识。回想那天行走的所有细节：杜松、桦树、霍尔姆橡树、拦住我的山毛榉、我咀嚼的香草、蜥蜴、蛇、从我脚下飞走的鸟、我寻找的喷泉、我走过的小村庄、和我交谈的狗、和我互致问候的牧羊人——我有一个宏大的愿景，希望尽可能多地看到这样出色的地方。它不像斯威夫特笔下描述的那样，悬浮在飞岛国①里诗人的天空中，而是依附于地图上标记的拥有生命力的名字，刻在了"谢村"上。

远在南方，几乎在与我的所在地同高的地方，尽管距离很远，但我还是看到了圣维克多山。山脚下是艾克斯，隐藏在佛罗伦萨的山谷中。再远处便是贝尔湖和拉克罗市，它们虚无缥缈，不过借助湖光山色在天空中的倒影可以窥见一斑。此时此刻，在艾克斯，囊中羞涩的学生们正在"两个男孩"咖啡馆前排着长队。在艾克斯主教座堂②，神职人员以光线不足为由，拒绝了前来瞻仰三折画的最后两位游客。一位古玩商把家门打开，借着路灯的光亮翻看《恋爱学堂》的手抄乐谱。在喷泉环岛，来自马赛的大巴车正开往阿尔卑斯山。

---

① 飞岛国是乔纳森·斯威夫特的《格列佛游记》中出现的一个飞行岛，居住于其上的居民可以使用磁石推动岛屿前往他们想去的任何地方。
② 艾克斯主教座堂，建在一世纪古罗马市集的遗址上，从十二世纪到十九世纪经历多次重建。

在我下方的屋子里，我的旅店老板正在准备晚餐。他是一位单身老汉，种着二十棵松露橡树和两百棵葡萄树，拥有一个带三层露台的花园和一个鸽棚。待到夜幕降临，他要闷死两对鸽子。我负责从蓄水池里抽水，不过我时间充裕：离日落还有三个小时。

在圣维克多山边上，下午的斜阳已经照亮了整个圣博姆高原，一直向东延伸。离我一百公里的断崖边上，乌鸦在盘旋飞翔。一束光芒将岩石的边缘照亮，它是海的倒影，在卡西斯和拉西奥塔的前面，在广阔的土地上闪闪发光，就像铸铁一样。圣博姆山峰下是圣蓬斯的深谷，那里巨树成林，泉水汩汩，气势如虹。褐色的溪流在蒙哥费尔先生的紫色山毛榉周围嬉戏喧腾。这些水汇聚成于伏那河，到了马赛则注入了下水道。

在马赛老港，当阳光爬上圣尼古拉堡的窗户后，便倾泻在三特拉餐厅的阳台上和波沃酒店的房间里。夕阳的余晖落在麻田街上，一直照进库克旅行社[①]的办公室。有人在普拉多大道上遛狗，有人把孩子带到圣米歇尔广场。隆尚宫[②]关上了陈列鲸鱼骨、大象和皮维·德·夏凡纳[③]壁画的展厅大门。船只在埃斯塔克区[④]的海面大声鸣笛。上午九点从巴黎始发的快速列车已经经过了朗谢海峡站，通过耐特隧道时汽笛长鸣，如吹号

[①] 库克旅行社是英国一家已结束运营的旅行社，开创了现代旅游业的先河。
[②] 隆尚宫，具有十九世纪新古典主义风格的宏伟宫殿。
[③] 皮维·德·夏凡纳（1824—1898），十九世纪法国画家。
[④] 埃斯塔克区，原先是与世隔绝的渔村，后成为海滨度假胜地。画家保罗·塞尚、乔治·布拉克和奥古斯特·雷诺阿均曾到访此地汲取灵感。

一般。人们在电影院门口排着长队,迫不及待地想进去观看通过技术上色的《圣女与殉道者》①。在老济贫院中心,在水手街区,被夕阳染成红色的"普吉蛋"②,从悬挂在帕尼尔街窗边的一千多件意大利衣物中浮现出来。在马赛维尔群山间,一些汽车正开往卡西斯,另一些正从那里回来,穿过世界上最奥德赛式的景观。在罗克福尔,维勒讷沃朋友家的灯已经点亮。沉重的晚风让松林散发出树脂和岩蔷薇的清香。来自尼斯的湍流在拉西奥塔的沟渠里哗哗作响。从罗马飞来的飞机与邦多勒垂直,正朝着马赛机场下降飞行。从我这里望去,它宛如飞溅的钢花。如果夜幕降临,我甚至会在圣博姆更东边处,看到土伦公路的最高点,看到汽车大灯闪烁着,看到这些汽车正驶入被二战的战火夷为不毛之地的地方。

这里,五位居民还留在圣朱利安,其中三位是在回村的路上,正推着装满一捆捆、一袋袋土豆的小骡子往山上走。第四位居民今晚会住在树林里,他要看着仍在冒烟的烧炭堆。第五位是我的旅店老板,他决定自己去蓄水池抽水。因为他住在俯瞰窄巷的深宅大院里,他还没有意识到我们还有两个半小时的日光。

再往东去,越过俯临洛尔格的阿波罗山,勒摩尔山脉已经被染成了紫罗兰色,气势上俨然超过了黝黑茂密的森林。这是雨水之门。今晚,尽管提前换了季,但天空依然明净。圣特罗佩上空停着一小片云朵,仿佛被

---

① 全名为《亚瑟先生:圣女与殉道者》,拍摄于1953年的意大利电影,导演为乔治·比安奇。
② 此处指普吉设计的老济贫院的中心建筑:圆顶卵形的仁慈圣母小圣堂。

西北风修剪过一般。我知道在那边，在阿尔让河谷那里，有一座被遗弃在沼泽草丛中的浪漫小宫殿。此刻，野生苹果树三跨两步地跃上宫殿的大理石台阶，来到破旧的音乐室，在木地板上取暖。卡尔塞、萨莱讷、维多邦的葡萄种植者们推着当天采摘的最后一批葡萄，把农业合作社围得水泄不通。如希腊神庙般大小的山冈上，风景宜人，上面矗立着一座座似乎来自热那亚的斯塔列诺公墓①的雕像。在德拉吉尼昂周边，废弃的老庄园逐渐笼罩上阴影。正是在这个季节，正是在这个时候，因采集松脂而枯死的松树纷纷在公园里倒下。以前，这些公园是路易十五举办庆典活动的地方。在法扬斯的山丘顶上，蝙蝠从一座奇怪的莫斯科式的宫殿里倾巢飞出。这座宫殿是拿破仑一世的一位将军从别列津纳河②回来后建造的。

这里，夜鹰和雨燕从圣朱利安的所有老宅里展翅而出，格外显眼。它们放声齐鸣，因为我站在露台上，所以我在它们眼里就是个奇迹。它们在想，这个站在房子顶楼的不同寻常的人究竟意味着什么。这时候，圣朱利安的居民都围在壁炉周边，他们升起熊熊柴火，以抵御孤独与空间的双重侵蚀。

在莫尔山的东边，这片土地的孤独与大海的孤独融为一体，无边无际，仿佛是锯齿形山峰在灰色的天空上啃噬了一番。从我的脚下望去，

---

① 斯塔列诺公墓，意大利热那亚的一座大型公墓，以纪念雕塑著称。
② 别列津纳河位于白俄罗斯境内。1812年，拿破仑的军队从莫斯科撤退到斯摩棱斯克后，抢渡别列津纳河时，被俄军从三路发动袭击，法军大败。因此，"别列津纳"在现今法语中有"溃败"之意。

一代代农民赖以繁衍生息的房子已经化为了废墟。废墟之外，就是森林。这是野猪崛起的季节。森林一直延伸到坎朱尔高原的荒僻处，一片广阔的石灰岩荒漠。更远处，孤独依旧：漫山遍野都是岩蔷薇、紫萁、桂花、百合、水仙、一枝黄花、药水苏、婆婆纳、颠茄。这些地方既无马路也无小道。山脊上长满了榆树、山毛榉、菩提树、杨树、白杨树、梧桐、苏格兰松。树丛、灌木、交错的枝条、阳光无法穿透的苍穹，还有各种动物的领地，生活着狐狸、蛇、鼻子像狗的獾、刚刚提到的狼、盖瓦丹的野兽，还有传说中的塔拉斯克①。孤独在戛纳上空无情地掠过。这个季节，这个时候，喜爱夏天的女人们要在游艇、酒吧和酒精中寻找温暖。这时候，一个小老太太经过骑士山峰街，赶去戛纳老城区听《圣母院礼赞》。孤独在戛纳上空掠过，就像太平洋环礁上的孤独一样冷漠。为何她要烦恼？

从这里，在森林上方，我看到拉弗尔迪埃城堡②亮起了灯光。窗棂在白金板上投射成黑色的小十字架。

在正东方向，夜幕正在升起。在白雪皑皑的阿尔卑斯山断壁上，天空一团漆黑。从我这侧望去，可以看到金字塔状的维佐峰，从热那亚南部的拉斯佩齐亚也能看到。尼斯大概就在那个方向。半个小时后，英国人步行道上③的路灯会一下子全部亮起。朝着东北方向，群山巍峨，层峦

---

① 塔拉斯克是普罗旺斯民间传说中的一种动物。这种动物在塔拉斯克附近的沼泽地里作祟，破坏东西，恐吓居民。传说，这种动物长有六条熊腿，躯干像牛，身上覆盖着龟壳，尾部有鳞，末端有蝎子刺。
② 拉弗尔迪埃城堡，建于十世纪，是普罗旺斯地区规模最大的城堡。
③ 英国人步行道是法国东南部城市尼斯一条沿着地中海蓝色海岸的著名的海滨步行道。

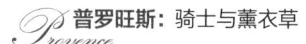
普罗旺斯：骑士与薰衣草

叠嶂：大贝拉尔峰、帕帕永山、佩拉山、梅坎图尔峰、三教峰、阿洛斯、恩布鲁奈自然保护区、佩尔沃。它们凝固了，又破碎了，在黑色的夜空下显得白亮，宛如黑瓷糖碗里的白糖。山里的羊群要回栏了。在最后一个小男孩（或最后一个小女孩）放学后，偏远的市镇学校关上了校门。他犹豫了一下，然后才踏上坑坑洼洼的漫长小路，这条小路将带他回家。中午从马赛出发的大巴，现在到了巴瑟洛内特。在乌巴耶的深谷里，夜幕已经降临。而在我的观景台上，离日落还有大半个小时的时间。在阿尼巴尔营地，圣凡尚莱福尔镇上方，松鼠在落叶松树尖上做了最后一跃。往返尼斯和迪涅的轨道车在巴雷姆峡谷中大声鸣笛。迪涅至塞讷的公交车在普罗旺斯的最后一棵橄榄树前经过，这棵橄榄树独自守卫着巴尔莱峡谷。自此以后，大地渐冷。可以先去长有李树和白蜡树的地方走走。离我较近的高原上，有人看守着薰衣草蒸馏器，这些蒸馏器会通宵达旦地燃烧。在俯瞰里耶兹的高地上，我的朋友阿尔诺再次视察了他那长达七公里的薰衣草地，然后返回普伯克莱尔的实验室读诗。在穆尔德夏尼尔山脚下，夕阳照亮了穆斯捷圣玛丽镇的大岩石。一九一一年，我曾在这里沿着石阶拾级而上，登上圣母院朝圣。下午两点从卡斯泰拉讷出发的旅游大巴，从韦尔东峡口开了出来。夕阳让爱琴海城堡的琉璃屋顶熠熠生辉。

向北一百公里，费朗峰、奥比乌峰、艾吉耶山、克鲁瓦－奥特山口，它们共同勾勒出多菲内地区的边界。在我驻足之地和这些粉红色的花岗岩山体之间，在连绵不断的青铜色丘陵尽头，没有村庄的袅袅炊烟，没有城镇的万家灯火，迪朗斯河在它非常狭窄的河谷里，像自由欢快的小溪一样歌唱。由于河流还没有淤泥堆积，所以它的河床还未开垦成农田。迪朗斯河的周围只有它亲自种下的树，种子是它从蒙热内夫尔那里夺来的，有小冷杉、小雪松、杏树、刺柏、黄杨。有时，在安静的树枝下，在浅浅的细土中，还有五指宽的洋葱和香草味的红门兰。

鹿尔山正昂首西望。更远处是雅布隆、巴罗尼、韦松、卡彭特拉斯。那里的尘土混杂着古罗马人，蒙勃朗①、西蒙·德·孟福尔②、莱迪吉耶尔公爵③的胸甲，菲利斯·拉·夏尔塞④的裙子，古代剧院，犹太教堂，教皇的财政官，艾格斯河畔的橄榄树，恺撒时代油坊的老磨石。这时，在"骑士府"客栈那颇具摩纳哥风格的废墟中，狐狸悄悄嗅着炉膛石板上炖牛肉的古老味道。寂静庄的门锁好了。最后离开的农民穿过阔叶林，沿着高原的小路匆匆而行，风中传来金属碰撞般的声音。夜幕笼垂，暮色源于阿尔卑斯的崇山峻岭，穿过宽广的平原，充满了神秘感。

在勒韦斯特镇，女人们呼喊在广场上玩耍的孩子，用果酱三明治来引诱他们。孩子们跑了过来，伸出双手。女人们把他们一把抓住，拖回家里，锁上大门。一辆来自索村的汽车经过这里。是谁？是公证员吗？也许吧。关于这些汽车，人们一概不知。这样的汽车在本地区有二十多辆。公

---

① 夏尔·杜普－蒙勃朗（1530—1575），法国多菲内地区绅士，曾在胡格诺派宗教战争中担任上尉和多菲内地区新教徒领袖。
② 西蒙·德·孟福尔（1208—1265），法国裔英格兰贵族。
③ 莱迪吉耶尔公爵，全名弗朗索瓦·德·本内（1543—1626），法国宗教战争军事首领和政治人物。
④ 菲利斯·拉·夏尔塞（1645—1703），法国多菲内地区的女英雄，在抵抗萨瓦公爵军队的战争中表现英勇。

普罗旺斯：骑士与薰衣草

证人、医生、宪兵，都是死神召唤的人。夜幕在巴农升起，跨越山巅，到达高原边缘，沿着省道流动，填平洼地，淹没农场，钻进树丛，越过寂静庄的围墙，占满院子，占满马匹正在跺蹄的马厩，占满只有炉火在独舞的厨房。炉膛右侧，老爷爷拄着拐杖看着火光。他从未读过书，也从未有过烦恼。他不会烦恼。旁边，他的儿子正在清洗步枪。他的孙子，双手捂着耳朵，正在复习学校里教授的自然历史。儿媳在壁炉和水池间来回走动，一会儿走在明处，一会儿走在暗处。预示着冬天到来的大风在院子里踱着步，敲击着门窗，发出阵阵呻吟。从这里到勒韦斯特镇共有九公里，路况不佳。除了维勒塞什的废墟中罗马战士的坟墓以外，它无以为伴。

夜色淹没了索村和山谷，填满了奈斯克峡谷，并开始翻越旺图山。透迤蜿蜒之中，它已然淹没了罗讷河谷和7号国道。下午一点钟从巴黎出发的快速列车灯火通明，正在栋泽尔峡谷上方飞速行驶。

这里的夜色也将我团团围住。烧炭场的森林里隐藏着一颗小金蛋。西边，在罗讷河畔的上空，红云正在飞速掠过。这边的天空绿得像一片薄荷叶，阴云却让它变得越来越暗。这个时候，阿维尼翁的咖啡馆里人头攒动，大家都在玩彩票。通往沃奈桑伯爵领地的公路上，沿着水渠、柏树篱笆和藤条栅栏，农民的小卡车来来往往，川流不息。路口小酒馆的喇叭里不断传出歌声。一过邦帕桥，往来巴黎和马赛的货车便停在路边，司机下车去边上的餐厅吃个晚饭。在一公里宽的河床上，迪朗斯河水泛起红晕，冲刷着数千吨圆滚滚的鹅卵石，向罗讷河缓缓流去。阿尔勒周围的风停了下来。在莱博镇，一位酒店经理正在摆放餐具，希望给客人带来浪漫的好运。在卡马格深处，美妙的太阳沉入了金色的大地。

这里的天空很快就变黑了。拉弗尔迪埃城堡有两扇窗户亮着灯，是森林另一边的一个小亮点，朝着圣马丁-德-帕利耶尔的方向。在我们身边，是炭火的光芒，就是这样。

我下山回到了旅店，点燃了蜡烛。这是一座十七世纪的老宅，当时肯定属于某个贵族家庭。他们曾经为室内装饰操过心。当时的生活无疑十分优雅。橡木大门被十字形木板封住了（无法进入门后的房间：地板已经腐烂了，一踩便会陷落）。木板上刻有高浮雕，嵌有仿大理石门像柱，表现狩猎场景和意大利的风流精神。这肯定是一位皮埃蒙特的艺术家做的石膏像。他塑造的巴洛克风格的野猪，既恐怖骇人又极具装饰性。如果说他是受到地域的影响，那么他在一楼卧室门横梁上塑造的三个女人形象，是否也受到了地域的影响？我的旅店老板想必是单身。他是一位七旬老人，从未有过激情。他唯一比较鲜活的感觉就是害羞——当他身边有五六个人的时候。他喜欢自己的习惯，所以他很忠诚，但就像人有金发也有褐发，此类问题往往无需思考。至于其他方面，他都"有点"沾边：有点小气，有点聪明，有点残忍，有点善良。他不喜欢这样。为了生活，他做了该做的事情。因此，他给自己披上了感性的外衣，也是柔弱的外衣。但是，无论他所珍视的东西是否受到威胁，他都有能力采取无法预知的暴力行为。这似乎十分疯狂，且与社会性格毫不相称。衡量世间万物，他的心中自有

一杆秤。他想去哪里就去哪里。他不养狗,因为他不打猎(但却偷猎),也因为无羊可放。

这个地方城堡林立:拉弗尔迪埃城堡、埃斯帕龙城堡、圣马丁城堡、阿勒马涅城堡、艾吉讷城堡。它们与卢瓦尔河谷的城堡没有任何相似:它们只是增添了一点装饰的堡垒。一些城堡半隐在山谷中,只在地平线上露出一小段城堞;另一些城堡半藏在森林中,城堡顶部的老虎窗高于树林。近观之下,这些城堡并无亲近之处。它们和我认识的人具有相同的性格。夏天居住在这些田舍的人都来自艾克斯,他们需要呼吸大量的新鲜空气。之后,他们会相互串门,轮流举办聚会,驾驶旅行马车在森林中穿行。整整一车的美女,她们穿过荒野的小路,来给意大利石膏匠当模特。在旅店的大厅里,大家随着小提琴声翩翩起舞。就在这间大厅里,我那孤独的七旬老人做着粗茶淡饭,他在那里点牲口、杀鸽子、剥兔皮,然后像野猪一样沉沉睡去。

我向他打听这幢房子的由来。他说是从他祖父手上继承这幢房子的,祖父是莱昂先生的朋友。当时村里有三百五十名村民,林中空地都是耕地。祖父是个农民,莱昂先生不得已将一些地块卖给了他。这些地块正好充分发挥了价值。他们不得不砍伐林地里的木头卖掉。他们找了一个又一个商人,然后把小树苗统统砍光,只剩下一文不值的土地。地里全是石头,勉强能长出百里香和风轮菜,是每公顷三分钱都没人要的一块地。不过那里可以让人免费呼吸一下新鲜空气,这就是这片土地的全部价值。最后，祖父和他的朋友莱昂为这幢房子安排了一份终身年金。他们说了几句话，但莱昂先生什么都没听懂。他不知道如何在这里生活。这里不是艾克斯，也不是马赛。至于巴黎，谁又见过呢？他不知道该如何握住自己所拥有的东西，当有人将其从他手里夺走时，他倍感惊讶。拥有耐心或友情都是很好的事，却获益甚微。但总有一天，该做的事情都要去做，不开心的就去打官司。他想起诉。有人告诉他："如果你有钱的话，那就去做。"他的钱很少。从无到有是一回事，从有到无又是另一回事，这是两种完全不同的性质。他在酒里掺了水，他不得不这么做。总之，他们付出了三年光阴。莱昂先生没有过上理所当然的生活。

理所当然的生活，今晚我们就在过：坐在壁炉旁，汤碗放在膝盖上。我的旅店老板并不简单，他们也并非食古不化之人。说实话，他甚至是一个非常复杂、非常文明的人。

这片土地千变万化，难以统一。卡马格的方言在这里毫无意义，这里的方言与鹿尔山的方言也无共通之处。从阿维尼翁到马赛，同一个词的意思变化了三次。在锡斯特龙的集市上，我们可以认出这家伙究竟来自马诺斯克还是迪涅（这两个地方离这里有五十公里远），鉴别方法是用舌尖颤动来发r音（小舌音），而同样的方法锡斯特龙人则用来发s音。从阿尔勒到巴瑟洛内特，再到艾吉耶、艾克斯、沃夫纳格、里扬、穆斯捷、鲁贡、卡斯泰拉讷、圣安德烈－莱萨尔普，"chaudron"一词有三十种不同的发音。一个来自上普罗旺斯的男人是无法让一个来自罗讷河畔的女

普罗旺斯：骑士与薰衣草

孩明白他对她的爱意的，除非他说法语，或者做手势（他实际上是这样做的，而不是剪下头发来示爱）。卡彭特拉斯的树木不会在索村生长。卡瓦永的梧桐树栽种在巴雷姆，如果不嫁接枫树或无花果树，则会长势不佳。高谷的杨树在栋泽尔枯死，塞雷斯特的柳树在锡斯特龙生根之前便在溪流边消失。乘车的快速旅行，让你在一天之内穿越五百多处独特的风景。移步换景，纬度似乎也在变。从宛如月球表面的坎朱尔高原到索尔格河畔利勒的周边乡村，仿佛有三十万公里之遥，跨越了数个世纪。

罗讷河和迪朗斯河毫不相关。流向卡德内的迪朗斯河，朝上游望去，就是一条隐藏在白桦树和白杨树下的加拿大河；朝下游望去，便是塞维涅夫人①写在普罗旺斯的一封信。勒莫隆的迪朗斯河，是斯堤克斯河②；锡斯特龙的迪朗斯河，是于贝尔·罗贝尔③；马诺斯克的迪朗斯河，是帕尔芒捷的丝袜；佩尔蒂下方的迪朗斯河，则是市政水源。在极小的距离内，海拔高度可以有一千多米的落差。卡彭特拉斯的海拔高度为一百零二米。往前走六十八公里，索村的海拔高度为七百六十六米。再往前走二十九公里，巴农的海拔高度为七百六十米。再走四十公里，马诺斯克的海拔为三百米。它们之间，有海拔一千九百米的旺图山和海拔一千八百米的鹿尔山。马赛的海拔为零，艾克斯是一百七十五米，圣朱丽安是八百米，维农是二百八十五米（距此地十五公里）。平原人和山里人完全不同。从平原

---

① 塞维涅夫人（1626—1696），法国书信作家。其尺牍生动、风趣，反映了路易十四时代法国的社会风貌，被奉为法国文学的瑰宝。
② 斯堤克斯河是希腊神话中冥界的五大河之一。
③ 于贝尔·罗贝尔（1733—1808），十八世纪法国的主要艺术家之一，曾任卢浮宫博物馆馆长。

到高山，大部分的情况下最多只有四十公里之遥。区区三十公里，韦尔东河谷就可把你从科罗拉多州带到一个小科罗。从阿尔让河谷出发，一位父亲只用一个小时就到了瓦伦索勒高原。跨越时间的长河，他已然回到了三百年前。

百里香不止一种，而是多种多样的；风轮菜不止一种，而有二十多种；薰衣草不止一种，它品种繁多，从深紫色到淡蓝色，还有常常被外行人误认为是薰衣草的杂交薰衣草。每走一步，表土的厚度就会发生变化。随着地下砾岩层的上下起伏，同一块地里的小麦有的可以长到一米五，有的则只有三十厘米。更何况这块地里还隐藏着罗马战士的墓穴，上面不长麦子。之后，在荒芜的原野上，忽然冒出一片片生长茂盛的桃园。高原上是一望无际的杏树林。突然，一小块空地出现在眼前，上面结满了西红柿、茄子、甜瓜、西瓜。如果从艾克斯出发，经沃夫纳格到达里扬，那么不出三十公里，你仿佛就可以从佛罗伦萨来到苏格兰，最后到达竖有圣女贞德像的城市广场。在吕贝隆的南边，是罗马；在北边，是拉科斯特。如果你走在长有黎巴嫩雪松的狭窄山顶上，那么你的双脚就会各踩一边。

在一个有着上万个模板的地方，人怎么会被塑造成单一的人呢？有人曾经想用一八六〇年的史诗来塑造传统。"牛"让阿尔勒富有了动感，却让数千平方公里的大地陷入了冷清。拥有百万人口的马赛没有竞技场，只有一处木头建造的小地方，人们通常在那里玩玩球。如果有人从那里放头牛出来，那只是为了做生意。98%的普罗旺斯人没见过赛牛，也不会为了看场赛牛而挪动半步。对此,他们无论是心灵上还是灵魂上都比格陵兰人更陌生。普罗旺斯语中的"gros rigolo"①也纯粹是个发明。相反,一个性格孤僻、神情严肃甚至严厉的人,无论自己的优点还是缺点,他都隐而不露。如果要笑,他会动动嘴角微笑一下。没人会谈论他的冷幽默。不过,他经常会表露出来,但表露得很有技巧,只有当地人才解其意。此外,他不奢求别人理解自己,他对此也并不坚持。他的含蓄不是为了大众,而是为了自己。他的思维出奇敏捷。这是在吹牛吗?这得看情况。人们的错误在于,当普罗旺斯被认为是一块应许之地时,它其实是一块四分之三面积都陷入极度贫困的土地。所以就要无中生有,他们是富有想象力的人。他们的谎言不是为了你,而是为了他们自己。他们不是想说服你,而是想说服他们自己。

羊群蔚为壮观,没有人拥有比可怜的牧羊人的羊群更美丽的东西,虽然他们拥有的母羊从未超过三只。但这并不是为了让你觉得是他们杜撰了这一切,而是为了让他们自己宽心。没有言行举止的夸张,用手说话的人也并不存在。南方的喜剧演员只存在于电影和戏剧之中。现在有些人在看过戏剧或电影后,就像小丫鬟一样对着明星东施效颦。这些人只在大中心区或沿海地区出现,而且十有八九不是普罗旺斯人,因为蓝色海岸、马赛、圣特罗佩、戛纳的外国人比本地人要多得多。这些错误的态度是因为这个地方没有形成鲜明的特点所致。马赛的朱利安课程销售员或渔市上的女士们只

---

① 意为"大笑话"。

在"外国人"面前才扮演她们的角色,她们可以一眼认出"外国人"。但如果她们面对的是自己种族的人,则羞于像"演戏"一样表达自己。这里的人都很严肃,非常害羞。他们非常低调,或者说封闭,可以沉默寡言二十年。一首赞歌中大肆吹捧的"乖张",其实是一种文学上的诓骗。我看到有人在普罗旺斯的百区农民集会上歌唱《圣杯歌》(顺便提一下,这首歌是阿尔代什省的一位教师唱的)。这些农民不发一言,外表冷漠,看起来像英国老爷(他们确实不懂歌词的语言,所以有三分之一歌词听不懂也就不足为怪了)。显而易见,他们的性格里没有乖张,没有狂热,也没有陶醉。

有人告诉我,阿尔勒和塔拉斯孔的情况完全不同。我相信这一点。难道我不是在说阿尔勒和塔拉斯孔代表不了整个普罗旺斯吗?普罗旺斯有千种面貌,万种风情,把它描述为一个不可分割的整体,是一种错误的表述。罗讷河沿岸的动物、植物和居民,与高山上的动物、植物和民居毫无关系。原生态的轻松生活确实让人的性格更加奔放。毫无疑问,在这里,经典的普罗旺斯是可能存在的。但普罗旺斯是一个反差很大的地方。我现在只说人,特别是一九五四年的人。

沃奈桑伯爵领地的农民,他们在建于厚实冲积层上的农场里,用现代化的方式劳作。他们紧跟市场潮流,自发成立合作社,拥有开往巴黎农贸市场的卡车,空运草莓,接待英国和德国的经纪人,并定期与他们交易。因此,就产生了富足,产生了"薄利多销",产生了"对世界的感知"。他们走得越远,就越像芸芸众生。不过有一点不同,他们拥有拉丁血统。他们对口才很敏感。受地中海的影响，他们也是感性之人，换句话说，他们通常是美食达人。他们不光会享受美好时光，还会寻觅美好时光。他们不会无限期地等待，也不会随遇而安。他们谱写美好时光，懂得提前享受，直到他们对金钱感兴趣的那一天。但在此之前，他们有自己的葡萄藤架，有自己的纳凉场所，有自己的聚餐活动，这正是古罗马人的快乐理念。

他们姿态优雅，拥有米斯特拉尔般的诗兴。如果他们给自己的慷慨划定了不可逾越的界限，那只要在界限之内，他们依然是慷慨大方的。如果这些界限足够宽广，那他们就可以收获比荣誉更重要的东西。他们最心甘情愿献出的便是他们的桌子，他们为此颇感自豪。平日里，他们可以就着生洋葱节俭度日，但一旦请客（而且他们很容易请客），那就是宛如"嘉玛奇的婚礼"①般的盛宴。就婚礼而言，他们是不会错过任何举办筵席的机会的。与其说他们是真正的美食达人，不如说是罗马式的美食家。他们通常吃得不多，但他们的餐桌摆盘必须让人发出啧啧的赞叹声。他们想要的，就是成为皇帝并以皇帝的身份来接待客人。他们的表现难免夸张。在他们担任主宾或提供吃喝的这些聚会上，在他们的凉棚下，在可以看到他们田地的房前屋后，在酒水默默流淌的时候，《圣杯歌》会发出深深的回响。而且在这样的饮食习惯下，即便他们吃得不多，肚子也会逐渐鼓起来。此时此刻，他们对抒情诗格外敏感。他们口中的普罗旺斯语与

---

① 《嘉玛奇的婚礼》是由路易·米隆创作的两幕芭蕾默剧，改编自塞万提斯的《堂·吉诃德》。该剧于1801年在巴黎歌剧院首演。

米斯特拉尔所讲的差不多。碰到不懂的词，他们就会略过，这样麻烦更少。在他们看来，最重要的不是诗句的意思，而是诗句的音色，是声音。他们制造了声音，希望每个人都制造出声音。诗歌制造声音，这是最重要的。此外，诗歌也有优劣之分。如果诗歌无法感知人们述说的情感，那与其忍受这样的诗歌，不如当场打断它。不过，这就成了多愁善感的人了。

这些农民，有的身材肥胖，有的生活富裕，有的雇佣别人，有的拥有设备，有的知道如何在阳光下把马克、英镑甚至埃及镑变成法郎，把法郎变成货物。无论是效率、收益还是时间安排，他们都让其他人无法企及。他们以罗马人的方式管理自己的账目，甚至午睡时都在管事。但是他们喜欢红色的羊毛腰带和黑色的大毡帽，喜欢庄重的态度和响亮的话语，喜欢展示高贵的情感。他们经常留着胡子，并像米斯特拉尔一样修剪胡子。他们让牛儿奔跑，然后自己一边跑一边看着牛儿跑。他们心甘情愿充当英雄事迹的见证者。他们在竞技场的入口处买到了决定权，买到了对英雄大喊大叫的权力。他们非常适合待在这样的地方，因为从中获得了极大的享受。这个人可以是一个用绿色标注在地图上的城市、乡镇和大村落的杂货商、屠夫或乳品商。人物之间的差异微乎其微，很难察觉。此外，他们去看自行车比赛，看足球比赛，看斗牛比赛，他们不必非得因此佩戴包含自行车车轮、橄榄球或圆球图案的老旧徽章。

但是地图上的绿色部分沿罗讷河而上，直到佩尔蒂的迪朗斯河。卡马格和拉克罗都是白茫茫一片。至于用来标注山脉的褐色部分，它覆盖了普罗

旺斯三分之二以上的面积。下阿尔卑斯省是法国面积最大的省份之一，人口几乎与第戎市的相当。这相当于有好几处荒漠。每处荒漠都比所有绿地加起来的面积之和要大：瓦朗索勒高原，每平方公里三位居民；阿尔比恩高原，两位居民；鹿尔山，一位居民；坎朱尔高原，十平方公里一位居民。那这位居民的举止如何？性格怎样？更有意思的是，为了坚守，这个人不得不与他的世界进行深层次的相处，不得不坚持真正的传统。

从十月开始，这片大地的大部分地方都陷入了沉寂。并不是说这些地方之前都很嘈杂喧嚣，而是这里每天早晨有云雀鸣叫，中午则有经受太阳暴晒的大地发出的深深叹息。傍晚时分，黄褐色的猫头鹰歌声嘹亮。现在夜晚已经变得非常寒冷。白霜覆盖大地，激起盐沼的海市蜃楼。这些孤寂的地方，有的树木茂盛，有的一片荒芜。

世间存在一种荒凉文明。我们不能给孤独设限，无法让它到此为止，也无法决定我们从今以后将像富豪一样生活。早在到达寂静之地之前，生活就是按照空间的贫困程度来组织的。

村庄扎堆而建，房屋鳞次栉比，屋顶像龟壳一样相互嵌套。极少有独立的农场，除了一些比村子还古老的老农场。正是这些老农场决定了村子的建设。所有农场都有围墙，并且通过边门通往农田。没有消遣设施，没有露台，没有阳台。没有什么可以表现的，也没有什么可以炫耀的。相反，一切都是为了隐藏。围墙有一米多厚。屋顶很矮，其主梁由重达三千公斤的巨大橡木制成,建于五百年前。

　　房屋宽敞、幽暗、凉爽,冬天则冰冷刺骨。在平原上,在大山谷里,在两河交汇处,有一些最多有四到六间房的现代化房子(更多的时候是四间)。房子里面没有暗角,没有神秘感,光线充足,酷热难耐,以至于居民经常会去桑树下小憩。人们住在屋外的时间比住在屋内的时间要多。山上没有什么现代化的东西。人们住在老房子里,有时会对它们进行修补,更准确地说,是对它们进行调整,但这并不常见。单身汉、单身女子、寡妇或老姑娘住在有十四个房间的房子里,这样的事情并不稀奇。单是这些房间,每一间都有现代四居室的房间那么大。这些房子,有的是艾克斯或马赛庄园主的老宅,有的是贵族的乡村住宅,有的是改建的客栈,有的是公证处,有的则仅仅是农民用来养家接客的佛罗伦萨风格的家宅。所有这一切都表明人口在减少、在流失,表明逝者众多。人们生活在古代悲剧的忧伤中,难道只是在感伤逝去的辉煌?人们习惯了冷冷清清的狭长走廊,习惯了一排排的空旷房间,习惯了墙壁迷失在阴影中的卧室,习惯了永远探索不完的房子,习惯了蓝胡子①的小房间,习惯了不知通往何处的楼梯,习惯了不知道通往何处的大门(如果真的打得开的话)。人们还习惯了秘密通道、连通的壁橱、让人晕头转向的迷宫,以及通往地狱的地窖。孩子们在这样的氛围中成长,形成自己的视角,他们之后会以这样的视角去理解生活。带着这样的思维,一代一代,生老病死,生生不息,书

---

① 蓝胡子,法国诗人夏尔·佩罗同名童话中的人物。

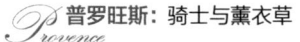
普罗旺斯：骑士与薰衣草

写新的传说，扬起新的尘埃，关闭越来越多的门窗，渐渐远离阳光。

对太阳的仇恨是普遍存在的。如果有人出去，就会裹得像阿拉伯人一样。妇女们用黑纱把自己从头到脚包得严严实实。男人们在帽子里面还戴着便帽，脸上胡子、眉毛长成了一片。即使在收割庄稼的时候，他们也绝不光着膀子干活。即使勉为其难地脱掉外套，依然会留件背心。风起云涌，寒意四起，自由的天空下，这片大地上的阳光依然微弱，闪烁的光芒源源不断。人们掩盖自己、包裹自己、隐藏自己，把所有情感都隐匿在自己的身影里。因此，就产生了不断增强的观察力，以便认出在街上行走的男男女女；产生了时刻警惕的猜疑心，产生了任何普通手段都无法打破的沉默，也产生了花招百出的好奇心。

这种生活充满幸福。小城和村镇总是坐落在华美之地。有在西北方若隐若现的山坡，有长满白杨的小山谷海湾。有时，如果内陆地势够高，可以抵御米斯特拉尔风①，那登上山巅之后，视野便豁然开朗。因为躲藏起来的人们爱看，百叶窗上戳有孔洞。如果你想看看从容悠闲的羊群，看看牧羊人，那请望向最高峰，那里有凸起的岩石，那里有最高的平台：在那里，壮阔的景色可以尽收眼底。

在这些小城和村庄的入口处，通常存有中世纪的遗迹：坚固的城

---

① 米斯特拉尔风是法国南部沿下罗讷河形成的一股干冷强风，为西北风，常见于冬春两季。

门，瞭望塔，有时还有保存完整的城墙。这些齿状的城堞和镀金墙体上附着块块苔藓，明亮的青铜色的、显露出傲慢姿态的鳞次栉比的高大建筑，层层瓦片叠成的波浪形檐壁，这一切都让人感觉仿佛置身于西班牙皇室，太骄傲，太高贵，久而久之就把它的苦难伤痕忘得一干二净了。

街道狭窄，蜿蜒曲折，以免风之袭扰。在时代的记忆中，住在离周围城墙太近的地方不好，因为商业生活开始趋向城市中心。那里的街道交错纵横，街面冷冷清清，昏暗无光，店铺在大白天也不得不开灯照明。在一处中心小广场上，有两三棵梧桐树和一个喷泉，后面就是教堂，它深深地陷在地里，得下行几步才能走到。教堂周围，有名门古宅，有公证事务所，有银行营业部，有时还有展示收音机的商店橱窗。市政厅在另一个广场上，那儿也有喷泉，几乎都是现代风格，也就是说它是一个铸铁消防栓，有操纵柄和水龙头。此外，那里还有商业咖啡馆、共和国咖啡馆，有橱窗里陈列着内裤和胸罩的女性服饰店，有烟草店和税务所。客栈仍在北郊，在城墙之外，虽然十分老旧，但其坚固程度足以抵御围攻。客栈周围是巨大的马厩，五十辆体型庞大的汽车完全可以在里面自在地驰骋。农民们赶集的地方正是此地。如果是新建的客栈（名字叫"乡村旅馆"，经营者不是当地人），那就坐落在南郊，沐浴着明媚的阳光，尽可能置于"风景"之前。这样的房子本身平淡无奇，从上到下都被刷成了酒红色，没有一个本地人会靠近它。房子的车库好似一个大柜子，得用绳子拴住后，汽车才能倒车入库。

除了赶集摆摊的日子，街道上一般都空空荡荡。家庭主妇们早早买完东西就回家了，之后便无理由待在街上。没人喜欢待在外面。认识的人中，二十多年没有踏出家门的并不少见。我在马诺斯克、锡斯特龙、里耶兹、福尔卡基耶都认识一些人。写下这些小城的名字时，我意识到到处都有我认识的人。这片土地的面貌令人赞叹不已，总能激起人们隐居的想法。由于深深的痛苦抑或仅仅出于强烈的自豪感，隐居的想法便会袭上心头。其他时候则恰恰相反，完全的成功会禁锢住那些认为自己已经达到人生终极目标的人。比如，如果有人购买彩票中了一个亿，他就会把自己关在屋里，再也不出门。据我所知，这种情况还没有发生，但其他事情已经发生了。比如，我有一位朋友，她的儿子娶了位好妻子。这个儿媳妇是位出色的女商人（他们卖种子），财富源源不断地涌进他们家。二十年之后，也就是早在一九三九年之前，我的这位朋友就不再出门，不再上街了。然而，她生性活跃，参与了儿子和儿媳妇经营有方、蒸蒸日上的事业。她没有再出过门，哪怕一秒钟也没有。她没有走出家门半步，甚至在法国解放时也没有出门去看美军经过她居住的城市。

因为有了幽暗的大宅，这样的隐居变得更加容易。人们可以在里面走动，感受不停变幻的神秘感，因为屋里有沉重屋架的吱吱声、墙壁石砖的下陷，以及一长束阳光照进门缝和百叶窗上的孔洞后产生的光影变化。但是，从中滋生的感觉是一种值得重视的心理现象。

街道上冷冷清清，大家都在家里。在工匠铺的后面，你可以看到鞋匠、马鞍匠、裁缝、钟表匠在灯下工作。外面风和日丽，即使是在冬天，即使蔚蓝色的悲剧天空用狂风和破碎的阳光颠覆世界的秩序和色彩。

这就是上普罗旺斯所有小城镇的典型写照。它们之间的差异极小，只与位置、方向和海拔高度等有关，从不以人们的思想为转移。即使是那些愚钝的市政当局用大量的时间、金钱和恶俗的品味来破坏城镇的独特风格，事情实际上也如我所说的那样，景物也如我所描述的那样。虽然可以用现代化的建筑来压倒它们，用霓虹灯来点亮它们（正如开始实践的那样：这是新时尚），但不能改变人心。现代化的印象是虚假的，是人为捏造的。在小城周围的田野里走上两三步，就能让行色匆匆的观察者信服：逗留时间短，就会接触到神秘之物；逗留时间长，则会立刻引起不可遏制的兴趣。

我从不离开这片土地在外久留。对于我这样的本地人，这种自愿禁闭的需要在我看来显得合情合理。我体会到这种需要，不得不与之抗争。如果稍不留神，自己就会卷入其中。如果我审视自己身上的这种需要，会得出以下结论：它是历代祖先长期传承的苦难之果，它主宰着适度快乐的形成。或许，这只是生理上的冷漠，那么极度的蔚蓝色就有了发言权。

当人们藏匿的山冈越来越高——尽管公路会把卡车和公共汽车带到那里——环境也会越来越严酷。当橡树的叶子变黄，秋天成了一年中最五彩缤纷的季节。但是，叶子很快就变成了铁锈色，并且不再变化。整个地方

普罗旺斯：骑士与薰衣草

都生了锈，无论是外表、姿态还是精神，统统生了锈。要找到一个村庄，得在山谷中蜿蜒行进很久。村庄里似乎只住着公鸡和母鸡。有几只公狗，都是猎狗；还有几只母狗，它们会朝你奔来向你示好。可以听到骡子在马厩里的跺蹄声。如果你对这个地方完全陌生，那你就见不到任何人，虽然大家会透过百叶窗的缝隙观察你。现在骡子跺了跺蹄子，唯一的声音就是那枯叶在树丛枝头摩擦时发出的金属般的沙沙声。

整个秋冬时节，村庄周围的森林都会发出海浪冲刷沙滩鹅卵石般的声音。屋顶上寒风呼啸。目光所及之处，到处是单调、荒芜。蔚蓝的天空没有一丝裂缝，也没有一朵云彩。大地布满了"锈迹斑斑"的树叶。邻村离这里有十五公里到二十公里。

让人害怕的不是距离，而是迈出的无用步子。如果彼岸和此岸没有什么不同，那么去彼岸又有什么意义？我们注意了很长时间。我们尝试过一切。和大家一样，我们有一辆汽车，只要发动起来，就可以开往县城。同样的条件，我们甚至可以开得更远。如果什么都有，一切就会十分简单。只要学会摆脱就行！但最重要的是，我们要摆脱自己的身份。我们已经习惯了波澜壮阔。不过，这片一望无际的红色群山，这抹纯净如一的蔚蓝，这股连绵不绝的强风，这样持续不断的枯叶回流，它们之中也蕴含着波澜壮阔。

他们是各种灾难的"爱好者"。无比纯净的空气为身体提供了灼热的滋养，将身体推向极致。若只能在自己的内心深处摆脱它，那至少要让自己大胆地去摆脱。

把这个普罗旺斯描述得最好的作家是莎士比亚。无论赋予生命意义的是什么事情，他都心怀感恩。事情越猛烈，就越令人向往。我们就在等待这样的事情。如果它姗姗来迟，那我们会渴望它，最终会激发它。死亡必然被精致的仪式所包围，这些仪式是利用疾病的高手，仿佛在伤口上撒盐。死亡的电闪雷鸣永远不够响亮，人们也永远不够恐惧。同样的感觉驱使着自愿禁闭的念想，也激起了对自由的极度渴望。

每个夜晚，风声如海浪般咆哮。每个清晨，阳光如风化的粗砂一般在天空的沙盘里一跃而起。这是我们无法应对的挑战，但可以终其一生和自己的命运自娱自乐。

我们离快乐的提泰尔①还很遥远。在山毛榉的树冠下，一个身材瘦小的男人正守护着一小群哆哆嗦嗦的羊。他的幸福观是非维吉尔式的。在晴朗的日子里，站在领地的最高处，他可以在南面的地平线上瞧见山坳，瞧见地中海小海湾的光芒。但他不得不向崎岖不平的高峰妥协，因为没有岩石可以攀爬，于是像大猩猩一样拍打着胸脯。只有一阵长长的海浪，类似于克里斯托弗·哥伦布所面临的境况。在山谷的底部，即使爬到钟楼顶的喜鹊巢，

---

① 提泰尔，古希腊牧羊人。古希腊著名诗人忒奥克里托斯、古罗马诗人维吉尔均在自己的作品中描绘过这一人物形象。

也看不到印度群岛,只能看到自己被开阔的大海紧紧包围。当你在羊群中穿过山脊,或挥舞镰刀穿越紫色的薰衣草田时,你就得知道,资源只在自己的内心深处。在这片公海上,拉丁语的风帆已经满足不了需要。

人一定要有激情,因为品味是吝啬的,而激情是慷慨的。有了激情,面包就会变成黄金。放眼望去,目光所及之处都是红色的橡树,差不多有一人高:这让双方的对话变得更加悲壮。在高处,巨大的山毛榉不是聚在一起,

而是孤零零地矗立在那里,它们白花花的皮肤下是壮实的"肌肉"。它们发出悦耳的声音,仿佛复活节岛的雕像,或那些镇守巴特勒边境、无处不在的雕像。在这场财富无限的自由贸易中,大家都想为所欲为。妇女们面戴黑纱,裙子拖地,走过交错纵横的街道,去履行她们的职责。老人兜兜转转,拖着沉重的遗产。没有令人焦虑的虚荣心:四平方米的冷清配得上恺撒大帝的所

有梦想，所以就没有了心情。一切都在平静中进行。况且，"一切"意味着很多。无论是心思还是明见，我们都不会怒形于色。计算的快乐永不疲倦，它不用花心思，只需耐心，而且从长远来看，它是一种随着时间的流逝不断演变的激情，直到一成不变的狂热。这些地方的道路没有一条是市镇建筑公路，都是数百年来被人一步一步走出来的。由于是有用之路，所以这些路一直有人走，被一步步踩硬了。它们准确地通往要去的地方，无需费劲思考，只需迈步行走即可。当人们走到目的地，路径也就画好了，路便也走出来了。由于一切都稀松平常，所以没有快乐可言，但是时间不会溜走。路毫无出众之处，所以随时可以换条路走，死亡本身也带不走任何东西。荒野不断延伸，一直伸到地平线，触及空旷高远的天空，也许这永恒的枯叶回流正来自蔚蓝的海滩。

山毛榉的坚果裂开后才会掉落。坚果的壳斗边缘带刺，呈半透明状，宛如燧石迸发的光芒。山毛榉树上有成千上万个坚果。阳光穿过这些半透明壳斗折射出的虹色比雨中的虹色更深。山毛榉仿佛是置身黑色火焰中的光环，它们生长在普罗旺斯之巅，遍布了无生气的村庄。村镇里只有荨麻，农场里只有狐狸，倒塌的摩纳哥式建筑，爬满常春藤的教堂，钟楼的断壁残垣，长满荆棘的市政厅，以及宛如黑衣忏悔者的风帽从刺柏树尖冒出的瞭望塔，它们共同守卫着这片纯洁的大地。

一九五四年

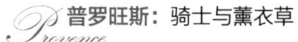
普罗旺斯：骑士与薰衣草

天地有大美

天地有大美，非人力所及。世上有两种不同的普罗旺斯。

下普罗旺斯地势平坦，位于罗讷河左岸，包括从蒙德拉贡镇到海边地区以及地中海沿岸地区，从罗讷河三角洲到埃斯泰雷勒山这片区域。康塔特平原和瓦尔平原也在其中。这是一八四〇年传统意义上的普罗旺斯；戴达伦①和米蕾耶②出生于这里。这是游客认为自己所了解的普罗旺斯，因为他们透过车窗欣赏过此处，有时还借着传统文学感受过它。就某些地方而言，这是个集众家之言的普罗旺斯。二十世纪初，要想在罗讷河畔遇到滚球手，其难度不亚于碰到一位戴帽子的猎人。而今，不瞒你说，两者皆有。

上普罗旺斯地区丘陵绵延起伏，从卡庞特拉镇到欧贝热德萨德雷，其间经过韦松镇、尼永斯镇、索村、阿普特镇、米拉博镇、艾克斯市、奥利尤勒镇、普里耶尔镇、塞永苏斯达尔让镇、卡尔塞镇和多宏内修道院。

---

① 《达拉斯贡的戴达伦》是都德的一部小说，戴达伦为小说中的主要人物。
② 米蕾耶·玛蒂厄是法国女歌手，出生于普罗旺斯地区。

阿尔卑斯山坐落于此，占据了四分之三地盘的丘陵，海拔适中，镌刻着阿尔卑斯山地质震动的烙印。湍流涌过之处，高山植被悄然生长，桦树和橄榄树不分上下。丘陵渐渐隆起为冰川高原，直至长成巍峨高山：一千九百八十七米高的旺图山和海拔相近的鹿尔山，超过一千米的圣博姆高地和圣维克多山。此外，在这片区域的偏远之地，在皮埃蒙特大区和多菲内地区说不上名字的地方，矗立着海拔三千米的高峰。这里人迹罕至。汽车不得不沿着山谷行驶。置身其中，尽管它们是如此秀美，却没有高原的壮丽与新奇。这是一片隐秘的国度。

但是，对于一个被7号国道贯通、人人熟悉的地方，人们仍可透过细枝末节去审视它。穿过栋泽尔-蒙德拉贡运河，下普罗旺斯豁然开朗。它东起瓦朗斯市，这一点不言自明。瓦朗斯市是个被切坏的面包，天上仍有里昂人的痕迹。诚然，对于格陵兰人、荷兰人或者比利时人而言，这就是法国南方，然而它并不是普罗旺斯。灰色并未在此显出高雅，相反，在谷底的狭道南侧，我们坚信看到了丰富的色彩，那儿是灰色的，真正的灰色，高贵而纯正。对于那些用血红色、金黄色、醋绿色将这片土地乱涂一气的画家，不要相信他们的描绘。这里的一切都是灰色的。冬末，粉白的杏花在这片灰色上竞相绽放。夏日，蔚蓝的天空与这片灰色相得益彰。也正是从这抹灰色中，升腾起带着点秋日柠檬味儿的火焰。它与冬日的灰色融为一体，晕染开来，有点像主教紫[①]。

[①] 主教紫是一种紫罗兰色，是根据过去一些主教使用的紫罗兰色来命名的。根据传统，欧洲人在宗教仪式和世俗生活的重要仪式中要穿紫色系服装。

普罗旺斯：骑士与薰衣草

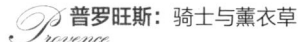

当然，我不是在谈论7号国道的附近，它的颜色（用如今时髦的话来说）显得有些"实用"；它在供求法则下的贸易和市场里发挥着作用：它是桃园的粉红糖果，是芥末的芥末黄，是美国小麦的蓝绿，是葡萄树浸润硫酸铜呈现出的铜蓝，是人们合成并在市场上出售的人造色。然而，一旦离开果园和耕地，离开通往海边的满是加油机和轰鸣声的长长车道，人们就会深陷灰色之中，奇异的灰色造就了流光溢彩之象。罗讷河如今用来给霓虹灯和无产阶级所在的工厂供电，而它在被驯服前，岸边也曾树木丛生。种子和树根从瓦莱镇的土地上一跃长成参天大树，树叶攒动，沙沙作响，树影摇曳，喧嚣不断。罗讷河右岸的高度曾差点超过白杨、桦树、桤木和冷杉的顶端。现在，这些河岸已焕然一新，秩序井然。推土机已将这里夷为平地。透过夏奈夫镇和马格里群岛之间光秃秃的白桦树干，目光所及的风景里所蕴含的精致的浪漫主义已然消失。在特立卡斯坦核电站附近还留有一大块废弃空地，成片的冬青栎铺展开来，一直延伸到远方的罗什圣塞克雷镇。上方，多菲内地区的斜坡通往下面的瓦卢斯镇和埃斯特隆镇。南面，一眼可望见旺图山，平原和丘陵错落相间，丘陵还挤进了山谷，直至奥朗日市：拉兰贾德镇、于绍镇的森林以及海湾的最前端，康塔特平原和蕾丝山岭将出现在那里。

如果说我在入口附近徘徊不定，那是因为从这个地方开始，普罗旺斯变得高低起伏。高山一样的丘陵退到尼永斯镇和卡庞特拉镇背面，山谷拓宽成平原。十九世纪末卡庞特拉运河开通后，在容基埃镇—佩尔讷镇—卡庞特拉镇三角洲，在这个地方以东区域，接近马藏镇、马勒莫尔镇、沃纳斯克镇的地方，都是一望无际的原野。那里有成片的草地、葱郁的无花果树和壮观的喷泉；那里也孕育着血统纯正的马匹，有着一个优雅精致的社会。高处来的马贩子到种马场进货，资产阶级养马人在集市上小有名气。他们的女儿出身高贵，就算在如今的康塔特平原，这个族群依旧在出身上显得高不可攀，有时更是财力过人。他们的儿子则满脑子伟大的自由思想，在成荫的无花果树下和涌动的喷泉中独自成长，保持单身。他们戴着绒球、帽徽，披着绶带，经历了十九世纪所有伟大的冒险，几乎都于十四到十八岁间壮烈牺牲，空留下一些冷清荒凉的屋子，周边草地围着白色栅栏，沿着奥松河或大列瓦德河通向蒙特镇。那里已经很久没有养马了。人们在那里睡觉，或"过周末"。其他地方早已物是人非，取而代之的是塔式苗圃。卡庞特拉镇到处都是这种苗圃。自从不再养马后，城市变成了郊区，城市生活失去了辽阔的风景，只为满足政治意图。远远望去，盛夏黎明时分，街道都在睡梦之中。这座城市具有西班牙的风范，颇为壮观，在这里可以呼吸到圣贝尼托群岛温泉的热气。

此外，不得不说，世上所有的神（当然，除了希腊、以色列和奥古斯都的神之外）都死在了蕾丝山岭海角到三角洲最南端海岸的这片土地上。只要耕作过贝达里德镇的田地和索尔格镇的花园，种植过布洛瓦克镇的薰衣草和阿尔唐代帕吕德镇的芦笋，就能看到羽蛇、复活节岛的鼻子、岩画、亚利桑那州[①]的神、藏传佛教经幡和古代的泛性学现象。方寸

[①] 亚利桑那州，美国西南部的一个州。

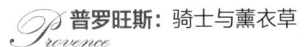

之间，自有乾坤。然而，就像只能从飞机上看到沙漠里的死寂之城一样，这些神迹黎明时分才会显现。梦中，邮轮行驶在国道上，憧憬里维埃拉海岸的驱车人在王子酒店、环球酒店和格里永酒店的粉色床单上沉沉睡去，鼻子上还有在帕普新堡蹭到的灰。尽管如此，还是得准时起床。之后，奥朗日的凯旋门让它的拥趸们呼吸到了新鲜空气，一座大型寺庙则掩藏在圣厄特罗普镇山丘的迷雾之中。这时，负责给工厂打铃的热那亚蓝领工人还在往篮子里放西红柿煎蛋、里昂香肠和突尼斯沙丁鱼。小酒馆还没摆放露天座位。装有埃罗省的葡萄酒、贝尔镇的橄榄油和拉法基公司水泥的车子仍然只能一点点运送。其间，燕子在高声歌唱，梧桐迎风起舞。在被阿拉卡夫用独角鲸骨头雕刻的穆内兄弟雕像广场周围的小巷里，会撞见长袍曳地的路人，或某位形销骨立的黑衣老妇——瘦得宛如阿拉卡卢夫族人①捕杀独角鲸后残余的骸骨——她迈着细步走向圣弗洛朗镇，去做首场弥撒。稍后，沿着中心街道，那里全是当地人摆放着五颜六色的篮子的摊位，这些篮子是在捷克斯洛伐克监狱内做好的。

然而，同样是黎明时分，在阿维尼翁，圣母从装饰屏里跑出来，赤脚走在圣迪迪耶广场司汤达大呼痛风的鹅卵石路上。若想去教皇宫广场，则要经过邦内蒂街、斯大林格勒广场和卡尔诺街。几百年未曾洗刷且水管严重老化的老宅，散发出腐朽的气味。这是圣约翰在沙漠中的咆哮。高谈阔论的先知总有金口玉言，他们是一群生吃韭菜的人。这条河——可以听到屋顶上

---

① 阿拉卡卢夫族是南美洲最南端岛屿火地岛的土著居民。

的呼啸声——尽管富有生机,却在诉说着约旦,诉说着死海,诉说着田园文明——这文明好歹散发着香味,也永远诉说着羊毛的故事。

  沿着皇宫的墙壁漫步,瑞士的清新气息笼罩着你,让你感到惊喜却不会沉迷其中。空气中弥漫着丰水期樟木飘出的清香,但小街散发的巴勒斯坦霉味更适合铅蓝色天空下教皇宫半庄严半诙谐的笔直外墙,而且太阳还照不进那儿。四季变换,只要城市不动,我们就能在铸币厂和"宫殿的台阶"之间感受一到三刻钟的意大利时光。然而只要它一动,一切便不复存在,或者更确切地说,它成了另一种东西:轻歌剧、喜歌剧,几乎就是《恋爱学堂》①,看着在乔治·克列孟梭广场上喝咖啡、品茴香酒或纳凉的小把戏。所有这些奇妙的感觉,其实都是相互作用、相互补充、相互丰富、相互突出的。这样一个裹着皮衣的蔬菜贩子,这样一个穿着麻纱马甲、戴着表链、步态如女人的食利者,这样一位穿着衬裙的小姑娘,如果不是置身十四世纪的哥特式氛围之中,就失了些滑稽性和闾巷之气。此外,城市周围矗立着非常漂亮的城墙。大家普遍认为,这些城墙虽然不怎么高,但足以唬住小学生。阿维尼翁有独特的"尼斯湖水怪":米斯特拉尔风。狂风吹过,只消五六分钟,老城区就没了味道。但对当地富于诗情的梦想家来说(我指的是屠夫、布商、杂货商,总之是那些行动不自由的人),米斯特拉尔风与罗讷河息息相关,狂风与湍流联手把几十辆汽车和货物推入河口。每年如此,只是有的年份表现强烈,有的年份则不明显。

---

① 《恋爱学堂》为莫扎特所作的喜歌剧。

低调的人，或者受北欧文化熏陶的人，都说自己只丢了两匹马，其他人却声称损失了帆布遮盖的卡车。事实上，当诺罗伊特（或诺托斯①）风暴席卷而来时，当死亡之夜来临时，城市像特洛伊一般吼叫着。树叶潇潇飒飒，水面波光粼粼，城墙摇摇欲坠，号角响彻廊道，尘土漫天飞扬，天空泛着白光，若隐若现的阳光将整个场景映衬得异常壮美。阿维尼翁也就成了一座与众不同的城市，它跳出了这个时代，化身为格列佛②的漂浮之城。

从迪朗斯河对岸通过邦帕斯桥，就来到了"香榭丽舍"。去往阿尔比尔山的路上，柏树成林。这是一处路易十四风格的巨大墓园，是欧律狄刻园丁的菜园。从埃加利耶镇的山顶，在一个被称为马斯德蒙尔的地方，可以俯瞰这片哈得斯菜园。菜园时而融合，时而散开，时而遍布所有大道。在电动园艺机发明之前，这里还是一片祥和的林荫之地，漫步者会在柏树间遇见四五个黑衣妇女，她们蹲下身子，在种满西红柿的地上培土，抑或在一片绵软的灰烬之地，如小红魔般挥舞着铲子，应季而作。如今，这里到处都是机车的突突声，仿佛在抓你、揉你、搓你、骚扰你，让你心烦意乱，但丝毫改变不了事情的本质和事态的戏剧性。这些机车种类众多，轰鸣阵阵，远远听来，宛如沸腾的大锅。几乎不用想，它们扬起的尘土已经变成地狱的死亡之烟。

阿尔比尔山北面，圣雷米镇骨子里透着罗马甚至高卢-希腊的血统。

---

① 诺托斯，希腊神话中的南风之神。
② 格列佛是英国作家乔纳森·斯威夫特的长篇游记小说《格列佛游记》中的主人公。

冷清而肃穆。对面，阿尔比尔山南侧，观光车在莱博镇①附近绕着乔万娜女王的遗迹和一家三星级旅馆兜圈子。

过了此地，就跨入了一片神奇之地。在这里，美食菜单和普通时间都离我们远去。在阿尔比尔山的最后几座山峰，在埃吉耶尔山和埃斯皮古埃山的山顶，或者在恩特雷孔克山的岩石上，可以俯瞰通向海岸的一片广袤荒芜。那就是拉克罗镇。仲夏时节，格桑花洁白如雪，沙漠中显现出海市蜃楼。往恩特雷森镇去，可以看到扬帆启航的西班牙无敌舰队②，看到《瓦特克》③中的棕榈树，看到古斯塔夫·多雷④站在人行道上用灼热的炭笔工作的梦幻场景。若是步行，则会在广阔的卵石地和坚韧的草地上迷失方向。漫漫长路之后，有时会遇到撒丁岛⑤的牧羊人，宛如时空交错的邂逅，他正挤在数百只低头前行的绵羊中。

遥远的东方，特雷瓦雷斯高原发出钢铁般的耀眼光芒，萨隆镇坐落其上，迪朗斯河从旁流过，艾克斯市就在河谷之内。拉克罗镇的西面和南面，空气里透着股糖浆味儿，热得让人心悸。孤独的旅人循着想象中的怪物足迹走着。这里，圣母玛利亚仅凭简简单单的一条线，就把现在和史前世界分开了。若想觅得一处适合反思现代价值观的冥想之地，那就是这

---

① 莱博镇，法国重要的旅游城镇之一，被《米其林旅游指南》评为"三星级旅游推荐"（最高级别）。
② 西班牙无敌舰队，十六世纪末期的西班牙海上舰队，最盛时舰队有千余艘舰船，横行于地中海和大西洋。
③ 《瓦特克》，威廉·贝克福德的哥特式小说。
④ 古斯塔夫·多雷（1832—1883），法国艺术家。
⑤ 撒丁岛，位于意大利半岛西南方的岛屿，地中海的第二大岛。

普罗旺斯：骑士与薰衣草

里。这里既没有诗情画意，也没有一丝一毫的安逸，爱上这个地方要有自信。公路都是绕着它走的，除了一条像紫杉一样从萨隆镇到阿尔勒的笔直的四十公里长的路。沿着这条往北将拉克罗镇一分为三的道路，在阿尔比尔山附近，可以发现几个焦面包色的农场，像修道院或露天市场一样大，仿佛在柏树和杏树林中站岗。有的空空如也，风一吹就像爱伦·坡笔下的蜂巢。从萨马塔内镇的十字路口到萨隆镇的这条路上，随处可见诺斯特拉达穆斯①笔下的景观。诺斯特拉达穆斯是下普罗旺斯（甚至可能是上普罗旺斯）最伟大的诗人。让他解释未来是不对的，他只能像克莱芒·马罗、莫里斯·斯凯夫、若代勒、拉博埃蒂、让·德·斯邦德等人②一样解释。他为了维系自己西班牙旅馆的营生而写下的一些诗句，文采斐然，镌刻在人们的记忆之中：

旧港鳞次栉比的船只，
绵软无力而虚虚前行，
浩瀚天际被骤然击中，
哦，吊桥上溅起的特洛伊亡灵之血，
生活自有缘由，国王站到边上。
你身处孤岛，见围墙四立，
干枯许久的树，一夜又绿意盎然，
长夜漫漫，明月高山，

---

① 诺斯特拉达穆斯（1503—1566），法国籍犹太裔预言家，代表作有《百诗集》。
② 以上均是十六世纪的法国诗人。

> 她和崇高的船长，希望他们爱护总督，
> 从圆圈里，在百合花中，一位伟大的王子将要诞生，
> 六百六，六百九，
> 壮如牛的主事，
> 老得似恶魔般，
> 在这片土地上失了光芒，
> 遗忘之船即将经过，
> 到"香榭丽舍"上转一转。

一旦离开萨隆镇的喷泉与树荫，沿着这条洒满阳光的漫漫长路，前往阿尔勒，目光所及皆为金色。这极度的、神话般的金色，重重压在肩上，令人口干舌燥，头晕目眩，呼吸困难，把你变成一具金色的木乃伊，而魔幻般的光影则用灰色的壁画装饰你的墓墙。

很明显，汽车阻止了这些改变。每天，成百上千人"脚踩蘑菇"，在萨隆镇与阿尔勒之间来回穿梭，却没有怀疑他们在空气之外摩擦着这片大地不可捉摸的边缘。也正是这些人梦想着登上月球，甚至遨游宇宙。

阿尔勒市尽管有圣托菲姆教堂、古罗马竞技场、古罗马剧场和阿利斯康公墓，但它在二十世纪初就是西部片中那种街道开阔的城市。尽管城市化和现代精神主宰着建筑艺术，它还是保留了一些东西。某些夜晚被来

普罗旺斯：骑士与薰衣草

自罗讷河以及人身牛头怪①的咆哮声所震慑。这里是通往卡马格自然保护区的门户。卡马格是鸟类和牛群聚集的三角洲地带。

在萨马唐（在谈到诺斯特拉达穆斯笔下的景观划分时，我就曾提过这个地方）的十字路口，来自圣雷米镇、莱博镇和穆里耶斯镇的道路几乎在阿尔勒市和萨隆镇之间斜穿而过，深入拉克罗小镇。它通向奥利维尔镇的池塘，伊斯特尔市就位于岸边；然后，它沿着贝尔湖湖畔前行，穿过朗凯海湾，来到马蒂格镇。比起马蒂格镇，我更喜欢滨海福斯市。

福斯市位于海边，就处在同名海湾的岸边，它也在另一条穿过拉克罗镇的道路尽头，沿途是凄凉的沼泽地；它还是伊苏②的一小部分。而且，这里是唯一一个白色光芒与随风飘落的柽柳叶、海水的泡沫、沙漠的尘埃和谐共存的地方。沼泽地的凄凉让所有的生命都陷入沉睡，让人倍感孤独。在那里，可以听到隆隆之音：风声、海浪声、深渊的回声。那里是海天之间地势平坦的弹丸之地。金枪鱼和那些让尤利西斯害怕的奇怪生物——海牛——来到海滩玩耍，不断扬起的沙漠热风让沙土化为尘烟。周日，没有人跳舞，也没有人洗澡，因为那里有说不清道不明但实际又并不存在的可怕危险。人们生活在银色的尘埃中，除了银色的尘埃，那里什么都没有。

---

① 人身牛头怪物，希腊神话中饲养于克里特岛迷宫里的怪物。
② 伊苏是建在布列塔尼半岛的神话城市，后被海洋吞噬。

梵高的星空

马蒂格镇被称为"普罗旺斯的威尼斯"。它和它那光荣的"教母"只有一处相似,那就是当梅斯特雷①的大风刮过时,人们闻到的石油味就好比站在斯拉沃尼亚河畔闻到的一般。

从马蒂格镇出发,可以沿着埃斯塔克山脉北坡的山路前往马赛,这条山路教不了你什么。相反,如果你去卡尔罗镇,你会学到很多东西,尤其是你必须到这可以俯瞰库罗讷角的石灰岩山中读一读荷马的作品。如果打算步行前往瓦尔德里卡德镇、劳尔镇、勒罗夫镇,我们就接着参观这个有趣的"学校"。而且,正是在隧道尽头的勒罗夫镇,人们可以看到马赛最美的景色,这并非无足轻重的小事。我们还是亲自去看看这座城市吧,这座充斥着许多可笑传说与浅薄误解(两者是协调一致的)的城市。

马赛人并不是水手,他们是"航海家"。我们正是和他们同行。他们很少开小船去冒险,都是乘货轮,而不是渔船。尽管地中海的暴风雨猛烈如大西洋,但到利沃诺的佩皮尼昂公墓参观时,我们却看不到"海难遇难者"。八十万马赛人中,只有一千人去海边玩,剩下的绝对喜欢往山里跑。马赛人一有时间就开车到阿尔卑斯山去,冬日滑雪,夏日野餐。从此,马赛出现了一大批社团,都与陆地相关,之后渐渐变成徒步之类的小群体:马赛的徒步旅行者,圣亨利区的健步者,拉巴拉斯区的登山者,等等。一些人的确去钓鱼了,但只是在峭壁公路或古德斯港口的岩石上垂

---

① 梅斯特雷,意大利尼斯市的一个城镇。

钓；少数人选择在"轻舟"上冒险，最远的到达伊夫城堡①附近的海域；这些人是最大胆的；即使在天气好的时候也会面临死亡的危险。普通的马赛人不会溺亡，他们开着车闯进了沃内镇。在马赛人的梦境中，没有大洋洲，也没有南方诸海，只有农舍或阿尔普迪埃兹滑雪场。马赛人天生对航船的汽笛声敏感，我们很容易这么想（这也让人得意）。然而，他们的情感是如此激昂充沛，以至于涉及自身时，他们认为自己无需他人帮助就能上山。

与其说马赛是个港口，不如说它像家商行：人们并不是与大海共舞，而是在进行交易。阿尔卑斯山的下山铁路与如今的北方高速公路，摧毁了一九〇〇年代船主们所享有的极致景色。这片景色曾经出现在塞泰姆镇的山上，出现在马赛拉维斯特大道的高处以及圣巴泰勒米岛②的小山丘上。层层松林间坐落着或精致或普通的房屋，它们是用巨型石材建起的，仿佛在彰显自己的自命不凡与骄傲自负，想要盖过房屋主人的风头！这些漂亮的屋子总是位于海边，全建在"视野开阔"的地方，有时也建在北坡的树荫下。这些房子都建有塔楼，楼上有望远镜，可以看到外海和信号塔。在那个没有收音机和电话的年代（仅指五十年前），挥下手就能立马决定任何进口材料的价格升降。借助于这些望远镜和信号塔，人们让船抛锚等待或加快通行，然后投身股市，充分利用行情。商业仍是马赛的精髓，我指的是让马赛持续运转的"燃料"。他们完全丢失了本世纪初的浪

---

① 伊夫城堡位于马赛港海域的伊夫岛上，因其是大仲马著名小说《基督山伯爵》中的场景而闻名于世。
② 圣巴泰勒米岛，法国在加勒比海上西印度背风群岛的四个属地之一。

漫主义：海湾的山丘不再向大海招手，船主们不再乘坐疾驰的敞篷马车赶往证券交易所，"获利者们"也不再穿着梅赫伦花边衣服，不再喷广藿香味的香水，在麻田街或贝尔松斯大道上漫步。一点点利息再也变不成钻石大项链，睡在塔皮斯韦尔街地毯上的"无用之人"，尽管躺在电话机旁的脏床单上，也比那些曾给货船冠以埃莱娜姨妈名字的大户人家要左派些。

然而，那一时期仍可闻到擦过鞋油的鞋子味道（尽管上次战争以来，特别是自麂皮流行以来，这种味道也一点点消失了）。擦鞋店和街头擦鞋摊比面包店多得多。对马赛人而言，放弃面包比放弃锃亮的鞋子更容易做到。马赛是世界上唯一能见到擦鞋小哥用一种特殊的粉末让鞋子"裂开"的城市。可惜的是，这项发明现已失传。走在库尔街上（意大利语称为"库尔索街"），就要把鞋子擦得锃光瓦亮。自从有了麂皮和软皮鞋，这些习惯就消失了（存在主义却并非如此，如果鞋不是用麂皮做的，马赛的存在主义者就会把它擦亮）。擦鞋店越来越少了，慢慢转入了地下。最后，擦鞋店不再是"聊天室"，也再不是南方哲学里的"索邦大学"。据说，擦鞋店有点像警察局，虽说以前也如此，但却透露着一股热带式的优雅。自从对不当舆论加以管控后，这里就变得如北方一般沉闷。然而，也只有在擦鞋店的支持下，马赛才有可能发生革命。

这里富有东方气息，毋庸置疑，哈伦·拉希德[①]的影子在资产阶级的

[①] 哈伦·拉希德（764—809），阿拔斯王朝的第五代哈里发，统治期间为王朝最强盛时代。

天花板上若隐若现。这些神秘的迹象令人相信有颗心脏在跳动，那些深陷其中的人要为此付出沉重的代价。这座城市宏大而壮观（就布局和光线而言），它有珍珠般的美丽和空壳似的喧嚣。一条南北走向的沟渠从中穿过，人们还可以在麻田街上散会儿步。在往来的路人中，一眼就能分辨玉树临风的大叔与风流倜傥的青年。即便在空旷无人的地方，他们也表现得彬彬有礼。他们仪表堂堂，也就是说除了给皮鞋擦上鞋油，他们还抹了发膏。当然，除了用"热毛巾"敷过的脸，他们从头到脚都颇具拉美人的优雅。美丽的老妇人与年轻女孩也很常见。前者以其形似路易十五的身躯和飘逸如帆的着装惊艳众人，后者则宛如暗淡无光的小果核，让人立刻想到"母亲的十字架"。由东往西，从圣路易大道至罗马街，曾经都是贝尔松斯大道，现在只剩下断壁残垣。自从证券交易所后面的小区拆迁后，尤其是重建后，大道的品质已然消失殆尽。在我小时候，每逢烈日当空的盛夏，这里便是凉爽优雅的港湾，身穿绸装的路人顶着遮阳伞缓缓而行，有的戴着圆顶礼帽，有的在相互大声问候，演绎出阳光之地的活色生香。

马赛的普拉多从未有马德里那般的贵族气质，它曾是一条美丽的大道，现在却被汽车吞噬，只在其通向海边的岔路上，还留有最初的模样：树木茂密，万鸟投林。四下皆是房屋，有的甚为漂亮，有的则呈现一九〇〇年代的动人风格，然而却都被林荫与青草甚至灌木丛环绕。这条大道伸向海边，秉承着探险大道的最佳传统。

由此可前往古德斯港口，横亘在卡西斯镇前方的峭壁公路，由白色岩石堆砌而成。但在这普拉多的腹地，往欧巴涅镇方向，还藏有普罗旺斯最丰饶的一座山谷。从南部高速公路泥泞不堪的施工现场，我们透过蛛丝马迹依旧能辨别出这座山谷的身影。现代社会以速度为先，并为此做出了巨大牺牲，但在被大肆砍伐的树堆里，在被掀翻在地的柳树中，在被分割瓦解的草地上，能看到平静阴凉的奇妙地带，它躲藏在榆树中，在千金榆的林荫小径上，在接骨木与丁香花丛里。在未来的一段时间里，我们的生活艺术依然得以延续，就像胡韦恩河谷的美好时代所拥有的生活艺术那般。

城市的某些街区仍然颇具魅力，比如卡玛斯街区、古非路、图尔比那街、多曼纳-弗洛特街。一些房子看起来像小修道院，拥有浪漫的花园。有时小型宗教协会也会坐落在那里。只需一棵树、一株常春藤、一株紫藤以及一丝虔诚之心，就能让现代文明所有的抽象建筑坍落成巨大的深渊。街区里的这些街道，或者更确切地说，这些小巷，它们依旧能感知往来行人的步伐并为此动容。

马赛最美的古迹之一是老济贫院，一座皮拉内西风格的建筑，必须在山丘上宛如迷宫般的小巷中兜兜转转才能找到它。登临山丘，可以俯瞰右边的港口，远眺大海。这座旧时的检疫站如今幸运地接纳着一些居民，他们仿佛都是从一个生动别致的小亚细亚商店里走出来的。

我们可以坐公共汽车去卡西斯（显然如此）。那得穿过白色石灰岩

质的马赛韦尔山①。从那里，一如它的名字，可以俯瞰整个海湾。人们很容易想到它最初的辉煌。这些高约三百米的山丘，与勒罗沃镇和埃斯塔克镇颇为相似：在这儿，阅读荷马也同样重要。当然，首先是读《奥德赛》，接着再读《伊利亚特》。光秃秃的岩石，原始的天空，苦涩的海水，以及时不时呼啸而过的狂风，都十分自然地诉说着壮烈的战斗。然而，我不相信是出于这个原因才在卡尔皮涅山口上的荒原建立了军营。

选择徒步旅行（这可不是什么小事）的"少数幸福人"会走古德斯港口后的海边小道。沿途崎岖不平，强烈的光线晃得你睁不开眼。飞溅在岩石上的海浪，有五米、十米甚至四十米高，它用单调重复的声响和阵阵泡沫吸引着你，让你难以抗拒。开阔的海面是一个横向的深渊，令你晕头转向。但那些人从上面能俯瞰地中海的这个小海湾（意为"一口小锅"），非比寻常的景象。海湾的名字取得很好：它是一个石锅，锅壁完全垂直，近一百米高。这条直径有两百多米宽的深渊，走二十五到三十步就能到达大海，里面全是幽紫的海水，几乎没有被洁白岩壁的反射所影响。一点细小的声音都会回声不断。风平浪静时，远处的小浪花轻抚岩石，迸发出阵阵怪异的回声。雨燕、海燕、海鸥和巴桑镇的塘鹅扑棱着翅膀，仿佛天上的仙女都在拍打洗涤着天神的衣服，风声呼呼，如同置身于宇宙中的厨房一般。我们也会从海上拜访这个海湾，就像其他海湾一样，但它不怎么会在市民心中留下恐惧，留下的更多是热情。

---

① 法语为 Marseilleveryre，名字中含有 Marseille（马赛）一词。

从拉西奥塔镇、邦多勒镇、萨纳里镇、西西里角半岛一直到土伦市，圣博姆山遍及整个海岸，直通大海。沉陷的山谷尽头就是犬牙交错的海湾、河湾、小海湾和海岸。内陆、平原和谷底都长满了葡萄树和樱桃树。那里的农业生活与康塔特平原或卡瓦永市附近地区的截然不同，在一些极像撒拉逊①农民的小部落里，事情从来都不是批量完成的，却表现出一种哲学，即对美好生活的渴望（根据古代格言）早已凌驾于对胜利的需要之上。大山从未远去，人们心甘情愿地待在那里。尽管拉罗克布吕萨讷镇上方的卢布山海拔高达八百米甚至是一千米，尽管加雷乌镇、圣塔纳斯塔西镇、博普雷镇、蒙特里约镇、贝尔冈蒂耶镇等地的山谷幽深黑暗，这里仍是下普罗旺斯；与其说是因为地势，不如说是性格所致。抛开卡瓦永镇的蔬果商贩和梅乌讷镇的樱桃园主之间的相异之处，还是能在两者身上找到相同的目光与口吻的，他们以同样的火把点亮了生命。据此看来，只有艾克斯市到尼斯的7号国道才算是下普罗旺斯的终点。

过了土伦市，就进入了极具伊斯兰风格的土地。女人们的眼睛诉说着袭击、柏柏尔人和身为妻妾的故事；男人们迈起步子就像土耳其人。山里的冬青栎、软木橡树、十字军东征的道路、能在骑士堡②里玩滚球的村落，都是托罗斯山脉的缩影。

这个地区的海滩上，时尚碾压着厚厚的一层裸女。整个夏天，海边

---

① 撒拉逊人是中世纪欧洲人对阿拉伯人或西班牙等地穆斯林的称呼。
② 骑士堡，中世纪十字军东征时期的一个城堡。

都弥漫着防晒霜和汗水的味道。人们从很远的地方来这儿消化，消化一切：成名的欲望，表现的欲望，逃避的欲望，失败的爱情，成就（或者说所谓的成就），生存的必要，原始的小自由，权力的意志以及所有被现代生活所消灭的东西。消化后的残渣令空气升腾起船长凯旋的气氛。当地人并没能抵抗这狗洞般的气氛多久，正是他们的魂灵继续给人以生活在地面的错觉。

就像我们之前在地图上看到的，7号国道靠近海边，我前面说过，在这个地区，它是上、下普罗旺斯的分界线。过了弗雷瑞斯镇，它又向埃斯泰雷勒山下推进。它理应要顺势往高处建造，但高山让成千上万名驾驶员感到灰心丧气，于是人们刚刚花了几十亿建了环山公路。高山野性十足，缺乏温情。生活在这座山里的人都很优秀，他们从未判断失当。几乎可以说，略去7号国道不提，上普罗旺斯来这里就是为了投奔大海。之后，当然是戛纳以及其他。

然而还是回到我们的7号国道。在开始全面描述时，我曾打算在写完下普罗旺斯后，通过北部高原深入上普罗旺斯地区。然后我想到了返回康塔特平原，并沿着迪朗斯河谷往上攀登。最后，我认为最简单的就是从这里出发。这里是埃斯泰雷勒山与大海接轨的地方，有斑驳的岩石，有金雀花（还有人会对我说有含羞草）。你要做的就是登上阿德雷酒店上方的醋山，向西北眺望。

登临高地，首先俯瞰到的是灰色、纷杂的松林深处，干旱和沙漠的气息袅袅升起（高速公路如今从这里穿过）。没有一丝歌声：没有鸟儿，没有回忆，也没有爬上六百米山峰（即使在机动车的帮助下）的登山者抒发的情怀。盆地阴森恐怖，可以看到里面散落着几处泛白的小村庄，没有炊烟，也没有生机。跨越俯瞰这片盆地的第一座崎岖不平的山地，高处的山麓隆起，已然散发出蓝色的光芒。

　　于是，对于旅行者而言，他们在那里经过法扬斯镇，并通过曲折的小道驶向巴尔热蒙镇之后，山的幻影游戏开始了。零海拔的无用性让每个人的精神世界都不拘一格。十八公里的公路上，有十三座罗马式小教堂，都是阿兹特克式的风格。这些教堂是营造最初的大恐怖所必不可少的：柏木圣母院、奥尔默圣母院、圣安娜、圣美人、塞尔夫圣母院、殉教者、四路圣母、圣奥克斯，以及其他一些只在口耳相传中悄悄出现的名字，它们总是变幻莫测，仿佛注定要呼唤出某种未知的东西。所有用坚硬石头与恐怖铸成的优秀建筑，所有遮挡眼睛的软帽、教堂、烟尘中的嘴巴，都已经在沙漠中喧嚣了几个世纪，但并非徒劳无功：凡是满怀信心和希望，拿着棍子深入这些地区的人，都会在拱廊处停下来倾听。他知道，沉默意味着充分的教导。

　　在巴尔热蒙镇，道路就像小猫戏耍的毛线般纠缠在一起。不管是容易往下走的地区，还是上到必要的地方，道路转来转去，好像无法决定是把你引到此地还是他处。它们不想带你去德拉吉尼昂市，也拒绝劝你上

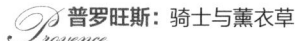普罗旺斯：骑士与薰衣草

山。你必须自己拿主意。此外，这个村子是悬崖上的绿洲，坐落在一个井底般昏暗的地方，那里汇聚着草原独居生活必不可少的所有小手艺：缝制腰带、修剪胡须、磨刀、装针线盒等。

但对于一个已经决定从西边离开巴尔热蒙镇的人，当他踏上高原，一个交响乐团便陪伴身边，萦绕左右，令他激昂起来。在盘旋而上的过程中，他首先在这片青铜大地上望见了阿尔卑斯山的最高峰，它矗立在达洛斯山口上。在蔚蓝天空的映衬下，山峰仿佛像刻在透明燧石上的箭头，最初是一个箭头，尔后出现了两个，最后变成了三个。遥远的东方是意大利：比安卡山、泰尼伯山；然后向北望去，是圣丰山、伊佐尔山、罗什布伦山、蒙塞尼山；最后是佩尔福山，群山连绵起伏通向格勒诺布尔市。在通过纳图比山之前，人们惊讶于圣乌尔斯教堂的维吉尔拱顶，不禁驻足停留。

这里的土是铁灰色的，群山北面覆盖的朴素地衣，仿佛给这片土地镀了层金。高原略有起伏，坐落在被风连根拔起的白色矮小橡树林的伤口上，通向格拉斯①镇、古尔东镇、圣瓦利耶镇的高地，然后，延伸至孔镇和卡斯泰拉讷镇。它借助于德拉纳达之雾深入错综复杂的普罗旺斯−阿尔卑斯山脉：培拉特山，瑞斯特芬山，布兰奇山，拉沃加山，昂贝路提耶山，古鲁瓦山。这些山峰的形状宛如城堡主塔、船首、船帆以及空中的君士坦丁堡，各种蓝色交相掩映，层次分明。

---

① 格拉斯，法国香水业的中心，被誉为"世界香水之都"。

过了纳图比河，登上蒙特费拉路，所有高贵的低音继续在远处隆隆作响。伴随着有序的步伐，上千支长笛、双簧管、小号、长号和单簧管开始了管弦乐的演奏。你脚下踩到的是一丛薰衣草。如果够幸运的话，你还会碰到一条具有代数曲线般肌肉的游蛇，上面还覆盖着金色的地衣。在你的指尖，碰到的是白桦树的树干，触感柔软如小马的侧腹，抑或是碰到和人一样高、散发出石灰气味的枝丫。在你的头顶，掠过的是翱翔的鸦雀，是宛如黑色标枪的乌鸫鸟，是椋鸟的群舞，就像飘扬的薄纱。鸟儿每扇动一次翅膀，就会改变颜色、音调和形状，让你周围的阿尔卑斯山和丘陵产生无穷无尽的和谐变化。最后，当我们朝着佩格罗斯山前进时，最先进入眼帘的景色是：朴素的穆尔德夏尼尔山脉、柏贝内山、夏斯图伊镇的高地、维拉尔布兰迪斯镇，还有刷成蓝色的卡斯泰拉讷镇的岩石，它们镶嵌在绒毛般的浓雾中。

现在，我们进入了长四十公里、宽十五公里、平均海拔一千米的高原荒漠。这就是"坎珠尔高原"。就像孤独的大剧院舞台，地平线四周的山峦岿然不动，持续前进的行人也有一种静止的错觉。他们在伟大"导演"所创造的"舞台"上粉墨登场，扮演着自己的角色，一刻都不曾离开。对于现代人来说，没有什么比这更高处不胜寒的了。空气极度纯净。肺部成了获取知识的仪器，它尝到了冰川的严酷，同化了原始空间，它呼吸的不是残渣弃物，它接触的是生命元素。海量食物滋养着源于生活而高于生活的庞大需求，步行者们因此意识到，生活摧毁了现代。即使这些地区的高空不时有飞机掠过，往来巴黎—尼斯或巴黎—罗马传递邮件，它们

也会被生命的璀璨光芒所遮蔽。它们发出的轰隆声与蜜蜂的嗡嗡声融为一体，甚至与安静融为一体。安静！安静让你的各个感官产生了许多红细胞，激发你的心灵，它会"咬紧牙关"走在你的身边。此外，安静之中也包含了铃铛声，它来自山羊，公羊，伊苏城，抑或是天使抖动羽毛？这隆隆之声是风，是蓝天惊雷，还是遥远日光下的坍塌？这些长长的犬吠声来自农场的门槛（我们看不到，因此也并不存在），羊群，抑或是从地狱下面传来的？我们不得而知。一切皆有可能，而且肯定比寻常更神奇。

在这些广袤的荒原上，不断出现奇异的海市蜃楼。以原始的养料为滋养，感官陷入了陶醉。巨大的恐惧与希望，随云影奔跑。盐的柔韧，恰如英雄主义的跳板。这片广阔而迷人的土地正在逐渐容纳你。只有这条道路在引领着你的步伐。草木只在你的脚下。只要你的目光一游离，它们就成了青铜或黄金。它们是如此神奇，以至于只要有一点风的气息，就会转化为在分类表中找不到名字的物质：是银子，是泡沫，是银色的泡沫，是怪物的毛发，是圣母之子的世界里最大的仓库或是地狱的铺路石。地狱总是存在于这些土地过于微妙的愉悦中，并将所有的和谐集于一体。成功是如此完美，以至于我们总是害怕看到一切轰塌混乱，比如当鹌鹑没有如愿地猛击它的喙，摇曳的花朵失去了一片花瓣，盘旋在你上方的雀鹰错过了一个转弯。但鹌鹑对自己的角色了如指掌，花儿很坚强，雀鹰也早已掌握了环游的技巧。因此，我们会明显察觉，我们所乐此不疲的平衡其实什么也不是，这就是迷人悬念的特点。

相反，通过不易觉察的偏移，风景、光线和方向随着行人的步伐产生变化。巴雅德山周围隐蔽的山谷被抛之脑后。这次序经过了拉格鲁斯类似于西藏寺院般狭长寂静的农场，爬上了赛里耶尔德拉涅山，现在则来到了拉巴尔镇的小村庄。

周围的地面上仿佛散落着泛白的骸骨和头骨。目光所及之处，是否就是天国军团的战场？这里的"头颅"小如核桃，而那里的又大如拳头；这里像是人的头颅，而那里又像是巨人的头骨。"股骨""肩胛骨""肋骨"也是大小不一。这里似乎遗留着成千上万的儿童、侏儒和利维坦的骸骨。这是凝灰岩分崩离析的塌陷场；冲走石灰岩的雨水把这些"眼眶""鼻孔"和"张开的嘴巴"清理干净。但是，科学的解释并不能令心灵得到满足。当风中传来的挽歌飘过矮树林时，当第一个野蛮人不动声色地抽搐起来——自然死亡——时，当一碧如洗的天空表现出明显的敌意时，人们终于变得更加自在。

在继续朝着这片戈壁北边行进之前，即朝着艾吉讷镇和韦尔东峡谷行进之前，如果人们独自走在弗里尼翁镇的小路上，穿过诺伊厄镇的废弃农舍，就会来到统领整个上瓦尔省的山脊。视野可以越过起伏不平的土地，一直望到圣维克多山，它主宰着艾克斯地区、圣博姆山和奥雷利安山脉，它们庇护着圣马克西曼镇和布里尼奥勒镇上的圣母院高地，还有摩尔人。著名的7号国道通向那深处，而且，从那里与高地的连接处，我们可以看到几处美丽的村庄飘着袅袅炊烟。溪流向阿尔让河的深谷流淌。潮湿

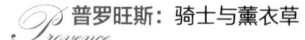

的空气一旦唤醒大地，嫩树就会有丝丝异样的感觉。在杜松、薰衣草和田间的荆棘丛后，山谷中涌现出杨树高雅的枝条、闪着光泽的白杨与洁白的桦树。这些干涸之地的水纯净而冰冷。水位只需上涨一点儿，水色就会变成冷酷的蓝色。成千上万的鸟儿萦绕着这片绿树成荫之地，很多梦想家也时常光顾这里。一些人试图用鱼竿来证明自己流浪生活的合理性，对于更狡猾的人来说，则用渔网来证明。一些马基雅维利主义者的胳膊下夹着一本书（人们不禁要问，现在是否是一九六一年——他们为自己所引发的惊讶感到欢欣鼓舞），另一些人（身材瘦小，只穿一条内裤，或者把长裤卷起一半）翻整着小花园，他们以一种不可思议的奢侈方式浇灌着小沟渠。最后，至少得是公证人、医生或邮政局局长，人们看到他们嘴里叼着朵花，乘着凉风在树荫下走来走去。

诺伊厄镇的山脊之上，人们匆匆而过。即使在沙漠的边缘，空气也是如此温柔，呼吸那么轻盈，极尽纯朴的喧嚣从附近传来：奥普镇、萨莱讷镇、科蒂尼亚镇、卡尔塞镇、维勒克罗兹镇、洛尔格镇、科尔恩镇。这么多的小城镇，甚至是从村镇传来：瓦拉日镇、塔韦讷镇、埃斯帕龙镇、圣马丁镇。这些地方的生活极具司汤达式的西班牙风格，因为无论何时都不计时间。我的意思是：生活的本质也就是激情（其中一些很疯狂），因为除此之外，他们显然会和周边地区互换卡车、信件，甚至旅游车。

但如果你不在这条诺伊厄镇的小路上左转，而是继续直行，穿过坎珠尔高原，一路崎岖，你就会来到一处奇怪的平台。尽管清风徐徐，尽管阳光明媚、五彩斑斓，你却依旧相信自己仍然身处平原。突然间，在没有攀登过的情况下（除了在巴尔热蒙镇，但它早已被人遗忘），你会发现自己悬置在一个深而空旷的巨大空间中。巴尔雅德山、莱格勒镇、勒佩格罗斯山、博索莱镇、西乌讷镇、恰马里，它们所组成的这座山就是我们所在的这条山脉，韦尔东峡谷从中切入。在一千多米的海拔高处，我们俯瞰着沃马勒环山河，艾吉讷位于其半山腰处。它可以称作峡谷的出口，瓦尔省和上普罗旺斯在这交界地争奇斗艳：左岸，瓦尔省以其酒店工会和总理事会为"亮点"；右岸，上普罗旺斯的"亮点"则显得更低调。我们可以在专业指南中找到有关这些亮点和万花筒般的描述。除了让人头晕目眩、头昏脑涨以外，这些深渊一无是处。对于那些善用灵魂的人而言（我承认，灵魂这个工具很微妙，并且需要练习），当他们到达坎珠尔高原时，沃马勒山下的平台会给予其不同的体验。

在这里，风景不是观光铁路上的列车。它不催促你，它会欢迎你，热情洋溢，慷慨大方，而且颇具主人翁姿态，它将苦难当作财富，将美貌当作朴实。它不会大张旗鼓，而是与你慢语轻言。它不会让你感到厌倦，而会让你心动不已。它不会把你视作孩童，而是视作"老实人"。更绝的是，它对你就像是旧欧洲时期对待官员那般，简直比东方人还要高雅几分。

下方的韦尔东河谷有几百米宽，河水漫过沙砾，就像一根根长满叶子的薄荷枝。小片贫瘠的田野上，碧绿的河水似是褪色了，抑或混着淡淡的灰色和浅浅的蓝色，田间的土地延伸至陡峭的山坡，呈现出有些轻快

普罗旺斯：骑士与薰衣草
Provence

梵高的星空

又有些忧郁的色彩。古老的杏树，冷酷的冬青栎，以及突然长出的接骨木和铁线莲，它们的白色唤醒了周边的邻居。爬满苔藓的古老城墙支撑着梯田，一排排的洋蓟，仿佛是用几方蚕豆点缀而成的毛衣，有时像是用鹰嘴豆和扁豆的金色茸毛形成的一幅精美十字绣。不过从平台上望去，这些色彩失去了菜园的特征，转而具有了纯绘画价值。正是通过园丁的铲子，人们才享受到绘画的乐趣。雄伟茂密的白杨林内，鸵鸟摇曳着羽翼在水上嬉戏。有时突然一阵风吹过，就会涌起一阵阵泡沫，仿佛与礁石对峙，夹带植物的气息，却又灿若琉璃。

普罗旺斯：骑士与薰衣草

越过山谷，可以看到岩石、砂岩、黏土和赭石顺着山坡流淌起血红色（被一些松树的深灰色所照亮）和金黄色（被苜蓿田的青翠所调和），对面高原的冬青栎锯齿边外，是一望无尽的蓝色大地，烟雾缭绕。东部被穆尔德夏尼尔山的侧面遮挡。视野尽头浮现出旺图山和鹿尔山。迪朗斯河从西面进入康塔特平原。圣维克多山在南面岿然不动，人们可以看到其北侧游蛇般的山脊（而从南面看，圣维克多山是一艘把风帆尽数撑开的帆船）。在完美的南方耸立着圣博姆山，山脚下是马赛和大海。

需要向下走，经过艾吉讷镇，穿过山谷，越过穆斯捷圣玛丽镇，以便绕过穆尔德夏尼尔山侧面，它向我们隐藏的上普罗旺斯是一大片区域，而不是一点点。在踏足对面的平原后，经过圣母院背后的塞尔德蒙得尼耶陡坡，到达阿斯河谷的边缘时，人们才得以窥见这块地方。

群山连绵：朱安山、白马山、埃斯特罗峰、三主教山、长岸山、白山、大科耶山、库古莱山、库佩山、塞奥兰山、庞贝山、查马特山、欧塔皮山（后面出现了我们之前在坎珠尔高原看到的山峰，佩拉山、阿洛斯山、暗山，以及意大利）、布莱尔山、蒙热山、迪涅山、大伯拉德山（现位于多菲内地区，如同我们所看到的佩尔武峰一样），这里仅仅列举了海拔两千米以上的山峰。整个山区的平均海拔在一千米到两千米之间。

群山巍峨。大自然的侵蚀暴露了它们片岩和石墨的灵魂——乌黑发亮，让人不禁啧啧称奇。如果快乐不是来自献身上帝，它们会严词拒绝。它们的荣光是用小调吟出的苦难乐曲，其中含有棕色的小砾石、山洪的疯狂呐喊、老鹰的翱翔之声以及成双成对的孤寂。这些山峰的生命是与自己的斗争。相比其他山峰，它们击打天空的程度更为猛烈，尔后轰然倒下。滚落的岩石和漫天的尘埃填满了山谷，在之后的数月内归于平静。整个地区在烟雾中与世隔绝，让人觉得这里仿佛是大型火场。

路远远地绕开，尽管小心谨慎，但还是经常被寒石如冰的雪崩阻断，或被破败的林木枝丫割裂。有些人试图溯流而上，深入这个要塞壁垒。在山谷嶙峋的褶皱内，人们有可能会偶遇三四间用石板或稻草盖住的低矮房屋。它们紧挨在一起，守护着十几只鸡、四五只羊和一只狗，将其视如珍宝。还有一些妇女、一两个男人和一群孩子，他们有着绿色的眼眸，沉默寡言，行动迟缓，人们只有经过长期来往才会发现他们非凡的价值。这些小村庄从未接触过汽车和电力，其中有些已经有一百多年没有牧师了。虽说天性使然，但所有的小村庄都是苦涩激情与智者反思的温床。奇怪的是，这片土地没有传说，没有狼人，也没有祖先的恐怖，或者说根本不存在恐怖。相反，倒是存在平和的安逸，存在对错误价值观的蔑视，存在对世界的认知。认知世界要归功于事件，归功于地区事件，世界的其他地方都不算。而且，当人们环顾四周——他们的四周——很难告诉他们，这可以算作一天。

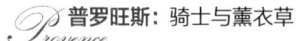
普罗旺斯：骑士与薰衣草

但是，对于从阿斯河谷东边看到这片"西藏屋脊"的人而言，他们的脚下就出现了这条迪朗斯河支流的河谷，河谷前面是皮伊米谢高原。略向左处便是鹿尔山，它现在遮住了整个西边的视线，宛如中国的城墙。

过了皮伊米谢高原，就可以看到迪朗斯河谷。我们离开巴尔热蒙镇后，沿途经过了多处高地，先后被韦尔东河与阿斯河切开，名字也各不相同：坎珠尔高原、瓦朗索勒高原、皮伊米谢高原。它们形成的地理边界却只有一条。过了迪朗斯河，一切都变了。

虽然迪朗斯河发源于蒙热内夫尔山峰，即我们与它相遇的地方，但是它完全属于上普罗旺斯省。布莱奥讷河赶在阿斯河与韦尔东河之前汇入迪朗斯河，这三条洪流发源于高耸的山脉。迪朗斯河粗犷而骄傲，它本性朴实无华，甚至被恶言相向都无怨无悔。然而它就在那里，像无花果树枝一样软绵绵地躺在它的鹅卵石上。流经锡斯特龙后，它就一直在右岸踯躅不前。它不是女管家，而是个实实在在的无赖，趁着狂风暴雨，把果园、葡萄园和花园搅得不得安生：这里卷走几亩地，那里偷走几只羊，别处再搬走几间房。它卷走了床、摇篮和马车，冲走了树，淹没了良田，逃往沃克吕兹省，这样的景象出现了多少次？的确，烈日炎炎，碧空如洗，它以自己的方式玩耍嬉戏，因为它本来就不是波光粼粼、平静安详的河流。它伸着懒腰，在鹅卵石中放声大笑，在鲜红的树林间梳妆打扮，时而闲庭信步，时而健步如飞，时而拨雨撩云，时而坐立不安，然而当风暴发出怒吼，它也发出了号叫，身躯逐渐变得异常庞大，用棕色的爪子撕碎着脚下的山谷。

它下游河段流经的山谷位于马诺斯克附近，宛如羊腰子般肥美，它流向我们前面所提及的著名的康塔特平原。越过数不清的沙漠，翻山越岭，一片辽阔的绿洲跃然眼前，你在那里竟然获得了财富：永别了，精神价值。

当你向拉布里朗镇（野兔山）右岸靠近时，在马诺斯克上方一点的地方，光线露出温柔的笑意。人们穿过缓缓起伏的山丘，爬上鹿尔山。这里是金星。不是阿芙洛狄忒①，也不是从波提切利②的贝壳里走出来的那个人，而是维吉尔式的人，是乡土人，是科帕式的人，这个戴着希腊式渔夫帽的叙利亚女人，她邀请过往的行人齐聚盛宴，夜夜笙箫："这里有修剪好的苗圃树木，有酒杯、玫瑰、笛子，有放在芦苇编成的摇篮里的竖琴。这里是洞穴中，带着牧羊人腔调的乡间芦笛的甜美之音。这是刚从用沥青密封的罐子里倒出来的小酒。这里是水花四溅的小溪，沙哑地淙淙作响。这里还有紫色藏红花和金盏花的花冠，混杂着玫瑰的紫色，此外，阿刻罗俄斯的女儿用柳条篮子带来了从纯净的水边采来的百合花。小奶酪放在灯心草上晒干，秋日的李子柔软如蜡。这些桑葚宛如流出的血一般，那串葡萄弯到了手心，还有那挂在绳索上的蓝莹莹的茄子，还有栗子，还

---

① 阿芙洛狄忒，希腊神话中代表爱情、美丽与性爱的女神，即罗马神话中的维纳斯。
② 波提切利（约1445—1510），意大利文艺复兴时期的画家，代表作有《维纳斯的诞生》等。

有那甜红的托梅干酪。这是纯洁的色列斯①,是爱,是布罗米乌斯②。这是用柳木镰刀捍卫这里的守护神,虽然他的肚子很大,但他并不可怕。"

我们遇到的农场朴实无华,看起来十分简陋,却是伊壁鸠鲁③的王国。没有哪个大亨吃得比这些人更高贵、更健康。他们生活在一个几乎封闭的经济环境中,自给自足,餐桌上的一切都是精致新鲜的。他们深谙生活艺术。幸福源自非常讲究的点滴细节,他们是一群连指尖都流露出精致气息的贵族。他们生来就坐拥殷实的财富,甚至都无法用法郎来计算。牲畜很少,田地仍用人力耕种,而且有的耕地是梯田,无法使用机器。所有这些农民的劳作都仰仗一门科学,这门科学代代相传,日臻完善,他们娴熟的技能既体现在工作中,又体现在闲暇时。

大地本身就带着让人又恼又爱的柔情:低矮的橄榄园,柳树和白杨树的小树林,有时是一棵向前倾斜的柏树或是一排白杨,二十步宽的小麦田,小溪边的花园,爬着龙虾的溪流。在灵动的山谷内,是天鹅绒般的草地,宛如一池碧蓝的湖水。

就这样从一个山坡荡到另一个山坡,一路经过劳松河、拉格河和五十条小溪,溪流里随处可见白鱼、树蛙、翠鸟和摇曳的芦苇,不知不觉就

---

① 色列斯,罗马神话中的谷物女神,即希腊神话中的狄蜜特。其名字来源于拉丁语中的"谷物"一词。
② 布罗米乌斯,即希腊神话中的狄俄尼索斯。
③ 伊壁鸠鲁(前341—前270),古希腊哲学家,伊壁鸠鲁学派的创始人。

走到了鹿尔山边。

这些地区的人们没有失去任何生活艺术,不过他们的橄榄树、杨树、小麦、花园和水在高处逐渐消失,最终陷入一片如坎珠尔高原般的孤寂之中,陷入了宛如荒山一般的大地悲剧之中(尽管能在广阔的天空下自由发展),但他们保留了那个王者的灵魂,因为王者不出一分钟便能找到巴比伦花园。

从鹿尔山山顶可以俯瞰整个上普罗旺斯的神奇风貌:从阿尔卑斯山到圣博姆山,从圣维克多山到佩尔武峰,从奥雷利安山到上德龙山山顶,从卡瓦永镇到锡斯特龙市,这片土地上遍布栗树林、柳树林、橄榄树林、薰衣草和荆棘条,还有古老的习俗。这片大地冒着烟气,鼾声不断,隆隆作响,陷入沉睡。它接受风的洗礼,散发出阵阵香气,这香气源自椴树,源自薰衣草,源自十八世纪幽居山间旧旅馆的中产阶级,源自它精明沉默的农民,源自它所承载的荒漠与羊群。

一九六一年

第四辑

旧时风物

普罗旺斯：骑士与薰衣草

地中海

  这片海洋不分彼此，连成一体。在这片海域生活的人们，尽管其民族不同，信仰的宗教也截然不同，但他们的行为习惯却如出一辙。西耶拉山的西班牙人会像黎巴嫩人一样骑着驴子；瓦尔河谷的橄榄采集者会像德尔斐的橄榄采集者一样敲打树枝；人们在艾格莫尔特周围会看到热气蒸腾的海市蜃楼，与埃及亚历山大港的景象别无二致；捕捞金枪鱼的卡洛①渔民，他们一边拖着渔网，一边唱着提尔或佩鲁萨的渔民之歌；无论在克里特岛、巴利阿里群岛，还是在丹吉尔，那里制作圆罐的工坊都显得同样活跃；八月，马赛进入了梦乡，如同迦太基沉睡的模样；卡塔赫纳②晒葡萄的方式与罗得岛如出一辙。

  很久以前，我在马诺斯克周围的山冈上撞见了《俄瑞斯忒亚》③中的场景；圣维克多山以北有这样的山谷，它似乎在水手辛巴达的描述中出现过；这是忒奥克里托斯④或维吉尔笔下的农夫；这是阿拉伯故事中塔巴里

---

① 卡洛，罗讷河口省马蒂格镇的一个渔港，马蒂格在法国享有"普罗旺斯的威尼斯"的美誉。
② 卡塔赫纳，西班牙穆尔西亚自治区的一座城市。
③ 《俄瑞斯忒亚》，古希腊剧作家埃斯库罗斯的悲剧三部曲之一。
④ 忒奥克里托斯（约前310—约前250），古希腊著名诗人、学者，西方田园诗派的创始人。

的捕鸠人；这位来自德拉吉尼昂的猪肉贩子有着尤利西斯的狡猾；这个那不勒斯的吹牛者辱骂别人时的神态颇似阿喀琉斯；这位安达卢西亚的车夫像哈鲁恩·艾尔·拉希德①一样用泥壶喝酒；悼念亡者的哀乐也是一样的旋律，科西嘉人在葬礼时唱的挽歌与柏柏尔人②的吟唱异曲同声。

贸易并不凌驾于这片海域之上，而是依托这片海域开展。如果把这片海洋换成一块大陆，那么希腊的物品就运不到阿拉伯，阿拉伯的物品就运不到西班牙，东方的物品就运不到普罗旺斯，罗马的物品也运不到突尼斯。但在这片水域上，千百年来，谋杀与爱情交织在一起，建立了独具一格的地中海秩序。

一九五九年

---

① 哈鲁恩·艾尔·拉希德，《一千零一夜》中的阿拉伯君主。据说他送了一副国际象棋给查理曼大帝，把国际象棋推广到西方。
② 柏柏尔人，北非原住民，一个说闪含语系柏柏尔语族的族群，至今仍保留自己原有的语言和生活方式。

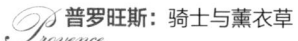
普罗旺斯：骑士与薰衣草

枯萎的橄榄树

关于上普罗旺斯，我写过很多文字。有时，我把上普罗旺斯的风景描绘成我小说作品中的背景；有时，我就想说说这片荒野乡土的美丽景色。就在不久前，就在一九五六年四月初，我还在写作。那段时间之前，正是大家后来可能会称之为"大寒冬"的时节。三个多星期以来，一场史无前例的严寒将这片大地的美丽摧毁殆尽。现在，就剩下红色的橄榄树、白色的圣栎树和生了锈病的松树。

对于冲着太阳而来的北方游客，阳光带来的幸福让他们忽略了灾害的程度。或许在他们眼里，这些崭新的颜色、这种莫名的和谐感、这些"茶花女"般的红色枯骨，甚至会有别致生动的感觉。可是在他的四周，有的只是已经枯败或是即将枯败的树木。

最近几天，我和一群农业主逛了逛油橄榄园，同行的还有一位农业部门的高级官员。和所有拥有油橄榄树的农业主一样，我也去看了自己的油橄榄树。我折了几根小枝丫，看看汁液是否会冒出来。我给自己编织了某种希望。

旧时风物

　　B先生是农业部门一名思维清晰的科学家，他的人道主义思想让人颇感惊讶。他当着我们的面，对植物进行了解剖和外科手术。之后，仅存的梦想随之破灭：尚未枯败的树木马上将要死于坏疽病。B先生在来我们这儿之前，已经去滨海阿尔卑斯省、瓦尔省、罗讷河口省、沃克吕兹省和德龙省看过了。根据他的统计，死亡的橄榄树一共有二百五十万棵。

　　与人类不同，树木死亡时是保持站立姿势的。目前，除了颜色的变化（我说过，从汽车车窗望去，似乎还挺美的），我们还看不到灾害破坏的程度。到了夏天我们才会明白，到了明年我们才会大吃一惊。上普罗旺斯将面目全非。有将近三百万棵橄榄树不得不被砍掉。当然，这次"砍伐"后肯定会出现其他橄榄树，但得在二十年之后。要看到跟现在濒临死亡的树木相似的大树的话，那得等到百年之后了。

　　我们会看到什么？如果人们培植它们的话。但谁来培植它们？曾经给我们带来幸福（还给我们带来了油，这另当别论）的油橄榄树是在一个与我们这个年代迥然不同的时代里培植的。那时，挣钱的欲望和现在一样强烈，但由于缺乏通用的手段，这种欲望受到了抑制，被强行转化为毅力，甚至被转化为睿智，因为没有其他的出路，因为变得睿智"并非难事"。过去，人们可以花上二十年去等待。今天，人们已经做不到了。大家都觉得无法再这么做了。也许，大家这么想都有充分的理由。今天，谁会花二十年去等待一场收获？而且是一场"无利可图"的收获？因为在橄榄油市场上占有举足轻重地位的，并不是上普罗旺斯的橄榄树。面对油市，上普罗旺斯发生的灾害完全

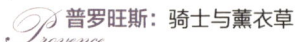

可以忽略不计。其忽略不计的程度，按照B先生的说法……就是橄榄油的价格会下降，因为突尼斯和西班牙取得了丰收。

这就是对上普罗旺斯橄榄种植园的农业主们所说的话："你们要等上二十年，要付出二十年的金钱和劳动。二十年以后，你们会重新拥有重现昔日面貌的橄榄树，但是这些橄榄树不会给你们带来一个子儿。"谁会打赌保证有人会听进这些话呢？我是不会的。三百万棵橄榄树就要消失了。消失后，把空间让给谁？大农业主们要去摸索一下。我听说过让土地增肥的绿色化肥。那之后呢？让给大棚种植的桃树园（比较罕

见）。可是，是种在狂风肆虐的山冈上吗？种在酷热难耐的梯田上吗？种在没有标桩，橄榄收成只有一小把的荒野上吗？大地荒芜，骄阳似火，让人得不到片刻喘息。这片乡土或在狂风中尘土飞扬，或在洪流中泥浆遍地，进而变得荒凉贫瘠。这就得说到非洲了。

发生这种动荡肯定会对生活和社会产生影响。B先生和我们谈到瓦尔省的某个村庄，他是去那里做审查工作的。所有村民都聚集在村中的广场上等他：静静地等他，如同在十九世纪受到霍乱感染的村庄里等待医生的到来。"不过，"B先生说，"……唉，我已经不是那位会照顾人的医生了，我只是在验证痛苦。"

所有人都在那里，等着判决。他们都以橄榄树为生，这种维系关系简单明了，并不轰轰烈烈，但他们确实都以橄榄树为生，世代相传。他们会走向何方？年轻人（正如B先生所说）也许会去城里，进兵工厂。那老年人呢？

另外，在比伊莱巴罗涅镇那里，一名年轻人从军队复员回来，向农业信贷银行借钱买了两千株橄榄树苗，然后结了婚。现在，他有家庭，也有一百万债务。让这名年轻人等上二十年，等来的只是一无所有，只是悦目的风景。二十年后，他还有机会——所谓商业上的机会——与突尼斯和西班牙的橄榄园竞争吗？他还年轻，他还可以重新再来，这是肯定的。但是，曾经的他已经一去不复返。生活的艺术已经完全改变了。

普罗旺斯：骑士与薰衣草

在这样的生活艺术里，重要的是传统，特别是来自生理味觉上的传统。大家可以把我这里所说的话与我在其他地方谈过的普罗旺斯做个比较。

自然秩序遍布我们周围，它决定了我们的存在和思维方式。我们是转变的机器。正如十八世纪的人所言，我们使用乳糜进行物质的化学转换，是通过行为实现的。面对灾害的严重程度，我们不禁扪心自问，这片乡土是否还拥有橄榄油文明（除非它变成花生油文明的乡土），是否还拥有拉丁文明？

因为，死去的不光是橄榄树，还有栎树和松树，总而言之，所有让人更好地理解维吉尔的东西都死去了，所有塑造过维吉尔品性的东西都死去了。从此以后，当我们走向地狱时，我们该把目光投向谁呢？

一九五六年

旧时风物

薰衣草

薰衣草是上普罗旺斯的灵魂。无论我们到达的地方是德龙省、多菲内地区还是瓦尔省，都是一片广袤的大地，漫山遍野满是紫色和芬芳。在鹿尔山的寂静中，薰衣草一望无垠地绽放着。在收获的季节，夜晚更是浓香四溢。夕阳的颜色就是鲜花采摘后落在地上的颜色。安装在罐槽边上的蒸馏器在夜色中吹出红色的火焰；它们的焦糖味穿过烟雾随风飘扬，让隐居者们沉醉在这份静谧之中。经过这么多的日日夜夜后，我们就与这些香草的灵魂紧紧维系在一起了。接着，哪怕是一束孤零零的薰衣草，它也会向你倾诉——用具有奇特质感的语言——倾诉这些基本的自由，这些自由正是这些高地的魅力所在。如果你逃遁到远方的美洲、中国或俾路支地区，迷失在严肃的书籍中，抑或沉没在个人的、社会的或宇宙的悲剧中，你就无法自拔。但正是那些降临在你身上的上普罗旺斯的自由、清新和宏伟，猛然间把你引向它们，让你焕发光彩。对于来自这片乡土或居住在这片乡土上的人，他们的身份不是游客，而是真真正正的主人，是能够让自己的心灵和思维融入这片乡土的人，这是触手可及的最庞大的资源。如此多的力量凝聚在一种芬芳之中，却显得凝重有度，只有那些从未靠触摸故乡的灵魂来涤荡自己心灵的人，才会觉得夸张。

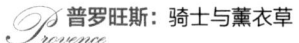普罗旺斯:骑士与薰衣草

普罗旺斯民居

有平庸就有非凡。有蔚蓝的大海,有红色的岩石,有沙滩,有涂抹防晒油的声音,有假扮的牛仔,有斗牛俱乐部,有"我的爱人马嘉莉"①,有"塞甘先生的山羊",有传统文学的余声,还有旅游协会的艺术工作室。这个熟悉的普罗旺斯,那里的一切都是众所周知的。还有陌生的普罗旺斯,那里的一切都有待发现。居住在普罗旺斯,如果是为了用虚线在自己身边勾勒出一个范围,然后再以明信片的形式寄给朋友,那么就要毫不犹豫地选择第一个普罗旺斯。对于普通大众而言,地中海的风轮菜很有分量,其价值自不待言。可能我们会感到很无聊,但我们一定会收到别人羡慕的目光:"啊,太好了,你看到了保罗,他就在那个地方!你看到了蓝天!连着几个月都没有下雨,一直有太阳,还有知了!每个星期天都有奔牛比赛,每天晚上都有滚球游戏,每天喝三次茴香酒,一到节日便钟声悠扬,还有阿尔封斯·都德所描绘的装在转轮上的磨坊。走在街上,到处都飘荡着美妙的三孔笛和长鼓音乐。啊,这才是生活!"

---

① 法国流行歌曲。

这确实是一种生活。我们还可以期待另一种生活。

这并不奇怪,如果我们不是在开"天大的玩笑"的话。在这些风景中,有些很忧伤,但颇为庄重;另一些则带有略微傲慢的贵族气。所有的风景都寂静无声。我们只会得到应得的东西。如果你有价值,这片乡土会告诉你;如果你毫无价值,那么你就抵挡不了这片乡土:它会把你赶跑。不过,它很敏感,能感知最微妙的友情、最朦胧的温情和最亲密的动作。它会像孔雀一样开屏,会像鸽子一样咕咕叫,直抵你内心深处的愿望。它会让你惊讶不已,因为它是灰色的。在纸品商店的橱窗中会看到蓝色、赭石色、红色、绿色,如果你喜欢它们,你尽可以待在纸品商店的橱窗前。这里给你的,就只有灰色。不过,这些灰色也各有细微的差别,是灰色中的虹彩。盛夏以稻草黄为主,冬天以蓝色为主,春天以玫瑰色为主。没有秋天。情况就是这样。

在深入话题之前,有必要澄清一个误解。"普罗旺斯"这个词让人忘记了这里实际上是南方。这里的人们讨厌阳光,正如所有的南方地区一样。如果你喜欢阳光,就不要来这里,请去圣特罗佩。如果你来了,那你一定会竭尽全力躲避阳光。看看那些并非过客而是土生土长的本地人:他们穿着衣服,穿得很暖和,他们从不赤裸上身,甚至从不光着脑袋。他们都有顶大帽子,戴着黑色的面纱,穿着衬衫,领口和袖口都系上了纽扣。他们住在没有阳光的室内。爱开玩笑的意大利人说(他们很懂音乐):"阳光啊,是给英国人的。"当然,如果你来自北方,那你会觉

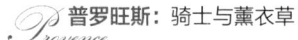
普罗旺斯：骑士与薰衣草

得一切都很新奇，都很美丽，而且似乎永不会厌倦。经过长年累月的阳光普照，你知道是怎么回事，你知道要对阳光有所思考，你知道要从阳光那里期待得到什么。路过这里看看阳光，这是一回事；和阳光一起生活，则是另一回事，这完全就是生活：你必须做出相应的改变。如果你想留在这里，你就必须以同样的方式改变自己的生活。

话虽如此，但我们不妨环顾四周。这是普桑和于贝尔·罗贝尔式的景观：几簇栎树，几片橄榄园，长满百里香的旷野，岩石峭壁——有时还挺耀眼，但色彩还是灰蒙蒙的，茫茫的薰衣草田，横亘在东边天际的"神圣"的阿尔卑斯山脉，往南延向圣维克多山和圣博姆山。在这两座山峰之间，波光粼粼的海面把天空映成了白茫茫的一片。这地方栖居高处，是一片丘陵绵延的高原。当你看到这一切的时候，当你想追求宁静与和平的时候，你知道这里就是你渴望的休憩之所。

不要被第一眼的表象所迷惑。从第一天开始，你会看到二十栋房屋，要么一栋比一栋漂亮，要么颇为破败，你巴不得赶快按照你的品位来改造它们。不妨等上一等：屋主为何把它们抛弃，为何把它们出售？这一定要搞清楚。一些人认为是水的问题，另一些人则认为朝向不好。对于某些人而言，这个问题更微妙。水：没有必要强调了，没有水，你就无法生活。在这种地方定居的人该怎么办呢？他们有时得赶着毛驴，走到数公里之外的地方取水。至于朝向不好，可能有时你会觉得还是件好事，例如，朝向不好的房子往往视野很好。不过朝向不好和缺水一样，都让人难受。

这片乡土偶尔也会怒火冲天,而且像骡子一样倔强。狂风暴雨会持续几周,甚至几个月。风力极其强劲,不停击打着墙壁,某些村庄似乎被自杀式的传染病吞噬了。我们不再在蓝色海岸。不过确切来说,我们是为了逃避蓝色海岸才来到这里,我们依然在寻觅。"对于某些房屋来说,"我说道,"抛弃的原因比缺水或朝向不好更微妙。"这原因与抛弃贫瘠土地的原因相似。房屋也有贫瘠的。这类房屋什么都有,唯独缺少滋生幸福的能力。这可能来自太阳升起的某个特殊的东部地区,来自某些事情的过度:安静、黄昏的悲伤或无能的悲剧——某些风景并不包含灰色调最细微的变化。此刻,我们意识不到:随着时间的推移,一切终将消亡。有时则更加神秘,几近于原始的禁忌。乡土焕然一新。难道这就是我们想要的吗?

真正的房屋躲了起来,你一个人是看不见它们的,必须有人牵着你的手。但就有这么一座房子,它在小山谷里。山谷常常意味着水井和水源。如果没有明显的水源,还有灯心草和柳树,只需在它们附近搜寻一下便能找到。如果还搜寻不到,那在地上挖几下便能找到。不过通常都有水井,有个小喷泉就更好了。经常看到一棵普普通通的芦苇,它的根部深深扎进堤坝里,从中渗出一丝细流,静静流淌,比天空中飘荡的丝絮还安静。这已经足够。在这里,你什么都不要碰,因为你什么都不懂,否则虫蛹会受到惊吓。我知道有些泉眼,如若铲得不好,仅仅一镐下去,这些泉眼就永远毁掉了。去看看艺术家吧,他通常是富有爱心的人,艺术与爱心相辅相成。他会给你挖个泉眼,让你赞叹不已。这样的人一定是某个

普罗旺斯：骑士与薰衣草

日本人，他无所不知：浅池和深池的优点，让地层发出声响的方式，泉眼需要挖多深，调节泉水流量以让泉水流入池中的声音非常悦耳。我似乎跑题了，其实并没有。在骄阳似火的盛夏时节，你可以和我说说新闻，你可以在阴凉宽敞的房间里睡个午觉，你还可以听到你的泉水在树木和墙壁之间回荡的声音。这是美妙的天籁。幸福正是来自这些细微之处。

还有其他的细微处。山谷里的这些房子建于十九世纪的英雄时代，当时的建造者们不再害怕拿破仑的强行征兵令，对随之而来的匪气也毫不畏惧。这些房子隐藏自己是出于快乐，而非恐惧。因此它们主要隐身于灌木丛和树林里。此外，大部分时候，这些树木就是松树，它们就像玻璃一般晶莹透亮。如果是栎树，那树冠就很浓密，颇有些路易

旧时风物

十四的风格，留出叶间的缝隙，放眼看去相当迷人。所以，阳光可以十分强烈地照射在房子上。

你会注意到，窗户很小，有时候甚至与城堡的射击孔一般大小。当然，这是为了保护自己，不过却是保护自己免受阳光暴晒。千万不要把窗户做大，否则你会备受煎熬。你会发现，阴凉的地方很漂亮，像果肉一样，会成为你的主食。如果你到现在还没有品尝过阴凉，那你一定要尝一尝！阳光让人昏昏沉沉，阴凉则让人陶醉，让人释怀。品尝阴凉的人心情愉快，饮用阳光的人则狂妄自大，而且他们都是外乡人，不知道如何消费此地的产品。一扇虚掩的门，一扇半开的窗，让阳光恰到好处地照射进来，你布置在阴凉尽头处的颜色便会显得栩栩如生。如此这般，当你看到这些颜色缓缓变亮，你一定会心生愉悦。眼睛也立刻实现了自己的价值。

记住，绝对不要戴太阳眼镜，它会让一切都走样变形，会让你在一个虚假的世界里焦躁不安。如果大白天你一定要戴太阳眼镜，那你就待在阴凉的地方。这样的例子充分表明，有阳光并非好事。你迈步进来，阴凉就把你团团围住。在灰色的松林中，你还有一两分钟时间，接着，你的世界就会逐渐出现。要让你身边的一切有质感、有深度，无需雷诺阿和梵高，只需要一把成熟的稻穗、一只色彩鲜艳的酒椰、一个铜盆、一块布料、一块披巾、一把捆扎椅子的稻草、一件打过蜡的木器、一只盛有少许清水的杯子、一朵玫瑰、一面镜子、一件镀金饰物和一片陶土砖地板。

出门的时候要迎着第一缕曙光，草儿都散发出清新的味道：阿尔卑斯山给苍穹留下了一丝寒冷，久久未曾散去。远处的天边响起了城镇和村落的喧嚣声。阳光十分明媚，却不酷烈。清晨，世间万物都在此刻邂逅，显得生机勃勃。即便到了晚上，从太阳下山到满天星斗，也是如此。其他时候，人们都在家待着。从早上十点到晚上七点，大家都躲在阴凉处。人们根据太阳的方向来开关大门和升降百叶窗。对于逝去的每个时辰，我们也可以绘上颜色，给予关注。阳光的形态为你的梦想搭建起各种圣殿。对于善于幻想阳光的人，阳光具有神秘感。而那些腹部或背部被太阳一晒就受不了的人，他们是不可能相信这种神秘感的。楼梯间里，阳光沿着台阶倾泻而下，一直洒到打过蜡的地板上。阁楼上，阳光透过天窗斜射进来。百叶窗上，阳光穿过层层叶片照射进来，如万箭齐发。人们还学会了创造各种光影组合。所有这些，都让高贵经受着阳光的暴力。

显然，我们的存在是为了凸显不凡。要有点性格，有点灵性，这并不是所有人都能企及的高度。

一九六五年

普罗旺斯：骑士与薰衣草

赏心悦目的景致

  显然，我们正在经历时代的变迁。对此，我们得好好总结一下。大自然和我们的祖先给我们留下了丰富的遗产。景观曾经且可能一直是一种心理状态，对于我们自己，对于我们的后人，它都是如此。历史镌刻在博物馆的石碑上。往昔的岁月无法被完全抹除，除非把未来残忍地变成干涸的溪流。在我们眼里，事物正以惊人的速度发生着变化。我们不能老是声称这种变化就是进步。我们"美丽"的创造掰掰手指就能数得过来，但我们的破坏却不计其数。草原、森林、山冈，都成了推土机和其他机械设备的猎物。平整土地、规划土地、开垦土地，但人们的开垦总是出于物质的目的，这是最低级的目的。这样的山谷，被人用围栏围了起来；这样的河流，被人整饬成了运河；这样的水流，被人用涡轮机抽来抽去。崖柏被用来制作报纸，它们的种子是十字军战士装在口袋里带过来的。为了让道路可以通行，便把树木种得笔直。为了规划停车场，便把罗马式的教堂、十七世纪的宅邸和老式的市场统统拆光。蜿蜒曲折的高速公路正吞噬着天然的风景。炼油厂就建在罗马风格的池塘边。人们可以让一切都开动起来。"有用"一词带来的伤害远甚于阿提拉大帝，他经过的地方确实寸草不生。人们是如此信赖科学（而科学本身却谁都不信，甚至不相信自己），以至于人们厌恶地抛弃了所有给人类带来幸福感的事情。而这样的厌恶感，人们很快就会为之付出高昂的代价。

这样的做法是由什么决定的？对进步的神圣追求？不是。是赚钱的需要。听一听政治演说，看一看报纸：总在说"富有竞争力"的价格，总在说收益，总在说利润率，等等。最后，我们要意识到，如果只谈论钱的话，那么甜菜、黄油、石油或钢铁是无法赚钱的。比起一排排的油井和摩泽尔山谷里的高炉，艺术作品能够给予更多的东西。比起佛罗伦萨所有的工业，佛罗伦萨艺术中心给予城市、地区、佛罗伦萨市民以及周边城市市民的东西显然要多得多——即便这些工业的规模是后者的千倍。而且，即便如此，它们可能也会面临拥有万倍工业规模的地区的竞争。它们要紧跟市场节奏，不断跟上顾客的需求，要使出浑身解数，只为把订单填满。但对于艺术财富而言，并不存在竞争的概念，这些财富是艺术家们以其各自在绘画、雕塑、建筑上的流派积聚而成的，是由他们建造的大教堂、修道院以及佛罗伦萨的旧宫积聚而成的。落进佛罗伦萨人钱包和账台上的金钱数以亿计；落进威尼斯、罗马的金钱数以亿计；蔓延在半岛上的金钱数以亿计，从皮埃蒙特一直蔓延到西西里岛。要获得同样的效果，就得有许多油井和高炉！其实要让外汇进来，无需共同市场，只要有几位艺术家的才华，只要有他们继承人含蓄的智慧，只要有《以马忤斯的晚餐》《夜巡》《官员的群体肖像》《杜普教授的

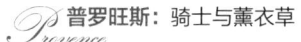

解剖学课》①，只需这些便可以做到。

有时，甚至都不需要安杰利科修士②或伦勃朗之类的艺术家。请看一下我们的地区：如果没有韦尔东河谷的"存在"，毫无疑问，穆斯蒂捷圣玛丽小镇和阳光天桥之间将无法通行，艾居伊纳小镇和阿尔土比桥之间也无法通行。如果比利时人、德国人、英国人或意大利人在此游览，进而在当地的餐馆里花了法郎、马克和里拉的话，那他们一定是为了优美的风景而花。得马上领会这个词的意思。一般来说，这样的风景会让人心生敬意，其中最完美的例子就是"科罗拉多大峡谷"！这个朴素的韦尔东河谷（大致上是这样）经过广告的大肆炒作，被称为"法国的科罗拉多大峡谷"，这是不对的、俗套的，甚至是有点愚蠢的。因此，那上面是"埃菲尔铁塔"式的风景，是"观景台"，是"美景"，是波澜壮阔、巍峨壮丽的美景，一望无垠。那里有三星级的旅馆、咖啡馆及其他附属设施。那里遍布蜿蜒曲折的"观景路线"，通往圣米歇尔山、普罗旺斯莱博地区等地。

另外，这也是时髦的景色。它的面容像一瓶香水，像一块粗花呢，像一段舞蹈，像一个威士忌品牌。一个旅游协会，一个狡猾的市长，一个汇聚着心思缜密而又本性贪婪的商人的商会，他们把一名或几名作家、画家招至麾下（通常都是些没有杰出才华的或极具广告才华的人）。这些人

---

① 以上均为十七世纪荷兰著名画家伦勃朗的油画作品。
② 安杰利科修士（1395—1455），意大利文艺复兴早期画家。

不再对这个地方心醉神迷。这个地方，阳光最为明媚。这个地方，孤独最为深刻。这个地方，民俗极具特色。这个地方最为……这个地方最不……总之，这个地方最应成为度假之地，如果我们来自某个世界，抑或是如果我们还愿意让人相信我们来自某个世界的话。按照这种做法，我们可以划着平底船驶向最冷漠荒凉的远方。那里可能蚊蝇滋生，蛇蝎爬行，可能会让你生病，可能有一切我们想要的东西。风尚让一切变得优雅可亲，我们可以向别人展示自己身上的叮咬和肿块。那里可能骄阳似火，可能寒冷刺骨，也可能是冰火两重天，但我们乐在其中，别人也会觉得这很不寻常。有时，这股憨傻劲是很根深蒂固的。没有必要去指名道姓，其实无论从哪一方面来说，它们总是存在的。

美景还有另一种形态，是精心打造而成的（与前者完全不同）。这是让人赏心悦目的景致，因为色彩柔和且有感染力，因为线条构造起和谐的建筑，让人乐居其中。这是所有美景中最让人赞叹不已的。它可以铺满整片地区，不再局限于具体的某地——这片土地之外的地方完全被平庸吞噬——而是覆盖了辽阔的领域，形态多样，所有的前景都提供了无穷无尽的幸福生活。平原连着山丘，山丘连着高山，河谷连着山谷，河流连着海洋，草原连着森林，农田连着沼泽，旷野连着荒漠。毫无疑问，这是最具感染力的美景。（显然，这与金钱有关，因为金钱涉及的人最多，因为人们会根据金钱来判断我们是否是"现代人"，是否是守旧落伍的老笨蛋。况且，只有我们谈论金钱，别人才会听我们的，我们也许才有一线生机拯救那些应该被拯救的东西。）就金钱而言，这是最有效的。因为一片大地，要靠品质才能吸引

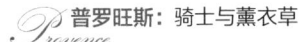
普罗旺斯：骑士与薰衣草

别人，才能让人驻足停留。它拥有的就是尽情生活。如果能有办法让它这份美丽的财富不受破坏，那该多好。因为这份美丽已经命悬一线了。破坏一份和谐，只需一个虚假的评价即可，这是再简单不过的事了。

几年前，我花了好几个月的时间和一位市长争论过。这位市长的智商并不逊于其他市长。我想让他明白，对于当地而言，一片绿色的草原（从老城区的城门就可看到）比筒仓或合作社要重要得多，而他却要烧掉草原，去建某个我说不上名字的筒仓或合作社。过去，这是显而易见的事：天际线上的阿尔卑斯山，长满白橡树的山丘，四周种满扁桃树、坐落在广阔高原上的小村庄，都备受游客的喜爱。所有这些，它们的价值与特色正是体现在草原这片令人陶醉的翠绿之中。无论我们对这片绿色做什么，铲除它也好，缩减它也好，都是在将它送上彻底毁灭的道路。上面提到的市长把我当作诗人，在某些傻瓜看来，诗人就是蔑视的同义词，夹杂着最和蔼友善而又最居高临下的神情。在众人的掌声中，他"开建"了他的筒仓或合作社。一年以后，他们都变得垂头丧气，特别是当地的旅馆老板们。他们说："游客们不再在当地停留了，他们到了，看了一眼就走了。"因为筒仓或合作社都入不了游客们的法眼。这些建筑，而且是很现代化的建筑，它们对幸福的生活毫无帮助。这是五年前的事了。今天，在我提到的老城区里，旅馆已经不止一家，但在这些可怜的人之中，竟然没有一个愿意敬仰草原朴实无华的绿色。

荒唐的言行和品味的丧失并不是美景仅有的敌人，还有我们喜欢笼统地称为科学的东西。只需建造几个"合理"的高压线塔，便可以摧毁所有的美景，无论这份美景有多么精巧迷人或多姿多彩。值得注意的是，高压线塔总是经过"合理建造"的。它们总是"在正中间"，而且我们对此还无能为力！清楚也好，明显也罢，这些人正在破坏价值连城的遗产，他们会回答："这就是进步！"

好吧，不是，这不是进步。无论是什么，如果它的进步是由美变丑，那显然是不恰当的。如果我们所需的仅仅就是淬火冶炼的钢铁、汽车、拖拉机、电冰箱、电灯、高速公路以及科技带来的舒适生活，那显然也是不恰当的。我知道，所有这些机械设备都让生活变得更方便，而且我和其他人一样，也在频繁使用它们。但是，人类也需要精神上的安适。美景是人类心灵的核心。缺少了美景，明天人类就会在自己机械式生活的宫殿里结束生命。

这正是下阿尔卑斯科学与文学协会所理解的内容，它会在后文向你们介绍我们省丰富的艺术与古迹信息。

一九六六年

普罗旺斯：骑士与薰衣草

译 后 记

  法国普罗旺斯地区包括罗讷河、阿尔卑斯山区和地中海沿岸，拥有独特的自然风光和历史文化。那里的大山代表睿智朴素的乡间生活，而大海则体现了蓝色海岸的休闲生活。在芸芸众生的眼中，普罗旺斯层峦叠嶂，风景迤逦，气候宜人，是清澈明丽的"人间仙境"，是天人合一的"世外桃源"。普罗旺斯隐隐然已与巴黎并列成为法兰西的地域文化象征。画家们把这里喻为光影天堂，音乐家们说这里是旋律之乡，而在文学想象中，普罗旺斯也占有十分重要的地位。从中世纪的行吟诗人到现代文学家，他们笔下的普罗旺斯是真正的美学故乡，是地域文化与文学创作的一次奇遇。可以说，历经岁月洗礼的普罗旺斯为文学家提供了一个优雅的舞台，勾勒出一条从中世纪行吟诗人到现代小说家的文化轨迹。

  普罗旺斯文学起源于十一世纪，内容以抒情诗为主，形式讲究，格调典雅，极具文学性，被称为"普罗旺斯抒情诗"。这类诗歌由游走于宫廷与城堡之间的行吟诗人用普罗旺斯方言演唱，赞扬冒险征战、建功立业

译后记

的骑士精神。值得一提的是，十四世纪著名诗人但丁是普罗旺斯文学最早的研究者。美国当代著名诗人庞德曾说过，普罗旺斯诗歌是世界两大传统抒情诗之一，从中几乎诞生了现代所有诗歌。这些宣扬骑士精神的诗歌穿越不同国度，历经时光流转，依然具有恒久的艺术魅力。

有关普罗旺斯的游记，最早可追溯至中世纪，意大利著名诗人、被誉为"文艺复兴之父"的彼特拉克记下了自己攀登旺图山的经历。与此同时，一批批朝圣者从马赛进入法国南方，沃克吕兹喷泉、奥朗日剧场、阿维尼翁教堂的优美景色令他们如痴如醉。十七世纪是"太阳王"路易十四的时代，著名书信作家塞维涅夫人时常来普罗旺斯看望她的女儿。就在这一时期，巴黎贵族与文人雅士在通信中频频提及自己的旅行，提及旅途中的种种趣闻，字里行间闪烁着有趣的灵魂和幽默的光芒。在随后的一个世纪里，普罗旺斯成为旅游业的摇篮之一。一两百年后，夏多布里昂、梵高、狄更斯、尼采、雨果纷至沓来，普通游客也紧随其后，都渴望亲眼见证普罗旺斯的风采。

作为"法国南方文学的鼻祖"，十九世纪普罗旺斯作家都德在《磨坊文札》中以真挚的情感描摹出一幅幅活色生香的普罗旺斯风情画卷。进入二十世纪后，米斯特拉尔、博斯科、帕尼奥尔、吉奥诺等普罗旺斯作家也纷纷走上文学舞台，继承传统，开拓创新。他们的创作以小说、杂文为主，兼有诗歌和戏剧创作，这让源远流长的普罗旺斯文学显示出蓬勃复兴之势。

让·吉奥诺（Jean Giono，1895—1970）是法国知名作家和电影编导，出生于普罗旺斯地区的马诺斯克，1929年发表小说《山冈》，一举成名，从此走上了文学创作之路。他的文学作品大都以法国普罗旺斯地区为背景，作品里始终贯穿大自然的意象符号，表现人与自然之间的哲理关系。吉奥诺一生著述颇丰，创作了《山冈》《屋顶上的轻骑兵》《波兰磨坊》等24部小说，还在诗歌、戏剧、翻译、电影等多个领域颇有建树，甚至担任过戛纳电影节评委会主席。他作品中深刻的人文主义和超前的生态理念，得到了包括纪德、阿拉贡、勒克莱齐奥等人的认可和推崇，称他为"写散文诗的维吉尔""大自然的诗人"，认为"他所有的作品就是自然"。因此吉奥诺被公认为"法国二十世纪最伟大的小说家之一"和"法国生态文学先驱"。

吉奥诺一生都生活在普罗旺斯高原。在他的童年时期，牧羊人讲述古老的传说，父亲诵读维吉尔与荷马的诗篇，这些都为他打开了文学启蒙之门。吉奥诺的生活里充满了丰富的自然元素，所以普罗旺斯是他感知世界、思考人生、创作文学的空间基础。吉奥诺在《普罗旺斯》中写道："自然秩序遍布我们周围，它决定了我们的存在和思维方式。"他自童年起就与自然万物亲近，他的一生几乎从未离开故乡马诺斯克。这座普罗旺斯小城由古代城墙环绕而成，城外是巍峨的群山，是牧羊人的放牧之地。尽管生活简朴，但当地的男女老少却乐享人与自然的亲密关系，这也正是今天的都市人所极力寻觅的情感。吉奥诺脚下的普罗旺斯地区浓缩了他想要表达的自然世界，具有强烈的个人印记。诚如勒克莱齐奥所言，吉奥诺用文学创作"打开了一个简洁明亮的通道，直达普罗旺斯的某片土地，一处遍布草木、遍布人群、遍布动物的真实高地，一个繁忙大地的真实地域，这片神秘的地方充满了所有的温情和忧伤，到处都是

译后记

生机勃勃的山冈，我们就诞生在这样的地方"。普罗旺斯意象建构起来的艺术空间，折射出吉奥诺内心对宁静闲适生活的渴望，也是他人生理想的归属和道德情操的家园。

吉奥诺用饱含情感的笔触，写出了普罗旺斯的壮美景致，把法国南方风貌描绘得生动传神、引人入胜，表现出令人叹为观止的文字驾驭能力。勒克莱齐奥称赞他会用"最亲近的方式"为读者讲述"如此漂亮的传奇和风景"。吉奥诺擅长运用感官去体验自然，领略自然，捕捉大自然的各种颜色、气味和声音，营造出一种和谐亮丽、清新静谧的艺术境界和美学天地。他作品中的普罗旺斯有清澈的水、舒卷的云、狂啸的风，还有低矮的农舍、金黄的麦田，一切都洋溢着生机和活力，通过写景向读者展示的是人的心灵与自然万物相感应的美妙世界。在现当代法国文学史上，普罗旺斯在某种意义上成了吉奥诺的标签。谈到吉奥诺作品的巨大影响，全球知名护肤品牌"欧舒丹"创始人奥利维耶·博桑曾经直言："如果我没有读过吉奥诺的作品，我就不会创建欧舒丹。"

作为吉奥诺研究的学者和译者，我乐意徜徉在吉奥诺的普罗旺斯文学世界里。每每来到法国，普罗旺斯都是我的必游之地。登临高山之巅，瞭望海天一线，迎着习习山风，踏着依依芳草，脑海中不禁想起吉奥诺在《普罗旺斯》中的美句："这地方栖居高处，是一片丘陵绵延的高原。当你看到这一切的时候，当你想追求宁静与和平的时候，你知道这里就是你渴望的休憩之所。"

多少人在普罗旺斯跋山涉水：落魄寂寥的梵高在阿尔勒的罗讷河畔留下了旷世之作《星空》，加缪在获得诺贝尔文学奖不久便把卢马兰小

普罗旺斯：骑士与薰衣草

镇选为自己的隐居之地，风雨兼程行走于二十世纪的吉奥诺在马诺斯克的家宅里建起了熠熠生辉的普罗旺斯文学圣殿。在普罗旺斯的高山流水间，大地有神话，天空亦传奇，多少人在此书写了恣意飞扬的人生。无数文艺创作者顶着地中海骄人的阳光，用自己的自然之魅、艺术之魅和人性之魅，为普罗旺斯的璀璨星空增加了一抹明亮的夜色。

2016年暑假，我重访普罗旺斯重镇格拉斯，想到拿破仑当年从普罗旺斯北上巴黎时，曾多次到访此地，今天的格拉斯更以"香水之都"的美名享誉世界。当我经过格拉斯剧院时，不经意抬眼上望，瞧见褚红色外墙上印着三行法语格言：L'heure passe, la peine s'oublie, l'œuvre reste（时间流逝，痛苦遗忘，功勋长存）。刹那间，我想到了梵高，想到了加缪，想到了吉奥诺。我想，这三句格言不正是他们的人生写照吗？

我自2009年起从事吉奥诺研究以来，十余年间不断挤出时间翻译吉奥诺的散文。能把爱不释手的法语佳作译成汉语美文，从中生发出的快乐难以言表。2018年，《我想书写的普罗旺斯》等三篇译文刊登在《世界文学》杂志上。同年暑假，受法国国家图书中心译者奖学金资助，我远赴法国阿尔勒的法国国际文学翻译学院访学。在翻译学院所处的梵高花园里，我相继遇到我的师姐、著名翻译家黄荭女士以及国内法国文学出版人、傅雷翻译奖得主胡小跃先生。在阿尔勒和煦的阳光里，我们一同烹饪美食，分享佳作，游历山水，畅谈人生，这样的"山居岁月"真是超然物外、潇洒不羁！在胡小跃先生的支持和鼓励下，我决定整理与完善有关译文，出版一本吉奥诺写普罗旺斯的散文集，让中国读者觅得这份至今还隐藏在法国文学长河中的宝藏。同时，胡小跃先生提议中译本在文本的基础上加入绘画，让中国读者可以从文字、绘画、色彩多角度感知普罗旺斯的海风山色。为此，我特别感谢南京艺术学院优秀毕业生段家泓同学。这位朝气蓬勃、才华横溢的小姑娘在繁忙的学习之余，绘制了三十余幅精美插画，让本书呈现出浓郁的法兰西风情！

《普罗旺斯》这本书的译途艰难却不辛苦，因为它汇聚了中法两国许多人真诚的心意。2008年的诺贝尔文学奖得主、法国当代著名作家勒克莱齐奥先生听闻《普罗旺斯》即将迎来它的中国读者，欣然为该书的中文版作序。同吉奥诺一样，勒克莱齐奥也是出生在普罗旺斯的法国作家，他少年时期读过吉奥诺的作品，深受感动，爱不释手，将其视为"生命中的知心朋友"。1970年吉奥诺逝世，勒克莱齐奥在《费加罗报》（文学版）上发表悼词。2019年，法国伽利玛出版社出版了吉奥诺逝世五十周年纪念画册，依然由勒克莱齐奥执笔序言，可见勒克莱齐奥对吉奥诺的推崇。让我尤为感动的是，傅雷翻译出版奖组委会主席、法兰西道德与政治科学院外籍终身院士、北京大学法语系董强教授在百忙之中多次联系远在法国乡村的勒克莱齐奥先生，向他介绍本书的出版情况，并亲自将他发来的序言译成中文，让广大中国读者可以透过大师的文字看一看吉奥诺笔下法国南方的"美丽风景与传说"。

吉奥诺有言："普罗旺斯有千种面貌，万种风情。"每一种面貌，每一种风情，都有待热爱生活的读者朋友们去发现！

陆洵

2021年7月 苏州大学天赐庄校区

图书在版编目(CIP)数据

普罗旺斯：骑士与薰衣草 / (法) 让·吉奥诺著；陆洵译. — 深圳：海天出版社，2021.10
（海天译丛）
ISBN 978-7-5507-3269-8

Ⅰ.①普… Ⅱ.①让… ②陆… Ⅲ.①杂文集—法国—现代 Ⅳ.①I565.65

中国版本图书馆CIP数据核字(2021)第162662号

普罗旺斯：骑士与薰衣草
PULUOWANGSI:QISHI YU XUNYICAO

出 品 人	聂雄前
责任编辑	邱秋卡　胡小跃
责任技编	梁立新
责任校对	万妮霞
封面设计	蒙丹广告
插　　图	段家泓

出版发行	海天出版社
地　　址	深圳市彩田南路海天综合大厦　(518033)
网　　址	www.htph.com.cn
订购电话	0755-83460239（批发、邮购）
设计制作	深圳市蒙丹广告有限公司　(0755-82027867)
印　　刷	深圳市新联美术印刷有限公司
开　　本	787mm×1092mm　1/16
印　　张	15.75
字　　数	177千
版　　次	2021年10月第1版
印　　次	2021年10月第1次
定　　价	68.00元

海天版图书版权所有，侵权必究。
海天版图书凡有印装质量问题，请随时向承印厂调换。